Tucholsky Wagner Zola Scott Sydow Freud Schlegel
Turgenev Fonatne
Wallace Twain Walther von der Vogelweide Fouqué Friedrich II. von Preußen
Weber Freiligrath Frey
Fechner Fichte Weiße Rose von Fallersleben Kant Ernst Frommel
Richthofen
Hölderlin
Engels Fielding Eichendorff Tacitus Dumas
Fehrs Faber Flaubert
Eliasberg Ebner Eschenbach
Feuerbach Maximilian I. von Habsburg Fock Eliot Zweig
Ewald Vergil
Goethe Elisabeth von Österreich London
Mendelssohn Balzac Shakespeare Dostojewski Ganghofer
Trackl Lichtenberg Rathenau Doyle Gjellerup
Stevenson Hambruch
Mommsen Tolstoi Droste-Hülshoff
Thoma Lenz Hanrieder
Dach Verne von Arnim Hägele Hauff Humboldt
Reuter Rousseau Hagen Hauptmann Gautier
Karrillon Garschin
Damaschke Defoe Hebbel Baudelaire
Descartes
Wolfram von Eschenbach Hegel Kussmaul Herder
Darwin Dickens Schopenhauer Rilke George
Bronner Melville Grimm Jerome
Campe Horváth Aristoteles Bebel Proust
Bismarck Vigny Barlach Voltaire Federer Herodot
Gengenbach Heine
Storm Casanova Tersteegen Grillparzer Georgy
Lessing Gilm
Chamberlain Langbein Gryphius
Brentano Lafontaine
Strachwitz Claudius Schiller Kralik Iffland Sokrates
Schilling
Katharina II. von Rußland Bellamy
Gerstäcker Raabe Gibbon Tschechow
Löns Hesse Hoffmann Gogol Wilde Vulpius
Gleim
Luther Heym Hofmannsthal Klee Hölty Morgenstern
Roth Heyse Klopstock Goedicke
Luxemburg Puschkin Homer Kleist
Machiavelli La Roche Horaz Mörike Musil
Navarra Aurel Musset Kierkegaard Kraft Kraus
Nestroy Marie de France Lamprecht Kind Kirchhoff Hugo Moltke
Laotse Ipsen Liebknecht
Nietzsche Nansen
Marx Lassalle Gorki Klett Ringelnatz
von Ossietzky May vom Stein Lawrence Leibniz Irving
Petalozzi Knigge
Platon Pückler Michelangelo Kafka
Sachs Poe Kock Korolenko
de Sade Praetorius Mistral Liebermann Zetkin

Der Verlag tradition aus Hamburg veröffentlicht in der Reihe **TREDITION CLASSICS**
Werke aus mehr als zwei Jahrtausenden. Diese waren zu einem Großteil vergriffen
oder nur noch antiquarisch erhältlich.

Symbolfigur für **TREDITION CLASSICS** ist Johannes Gutenberg (1400 — 1468),
der Erfinder des Buchdrucks mit Metalllettern und der Druckerpresse.

Mit der Buchreihe **TREDITION CLASSICS** verfolgt tradition das Ziel, tausende
Klassiker der Weltliteratur verschiedener Sprachen wieder als gedruckte Bücher
aufzulegen – und das weltweit!

Die Buchreihe dient zur Bewahrung der Literatur und Förderung der Kultur.
Sie trägt so dazu bei, dass viele tausend Werke nicht in Vergessenheit geraten.

Lausdirndlgeschichten

Lena Christ

Impressum

Autor: Lena Christ
Umschlagkonzept: toepferschumann, Berlin

Verlag: tradition GmbH, Hamburg
ISBN: 978-3-8472-4528-5
Printed in Germany

Text der Originalausgabe

Lena Christ

Lausdirndlgeschichten

München 1913
Martin Mörikes Verlag

Die Blutegel

Unser Nachbar, der Bader Gschwandler, hat eine besondere Art gehabt.

Nicht bloß im Rasieren und Zahnreißen, sondern auch im Leutkurieren.

Für das höllisch Feuer hat er helfen können und auch für die Gicht; das Herzklopfen hat er vertrieben und die Hitz im Kopf, und was sonst einen gezwickt oder gedrückt hat.

Und für allen Wehdam und Gebresten hat er nur ein Mittel gehabt.

Das war das Egelsetzen.

Dazu braucht man den Blutegel.

Wenn also ein Bauer zu ihm gekommen ist und hat gesagt: »Gschwandler, geh, helf ma für mei reißats Geblüat!«, da hat der Gschwandler gesagt: »Dös wer'n ma glei habn.«

Und hat eins von den fünf Gläsern vom Wandbrett herunter und hat es aufgebunden.

Dann hat er gesagt: »Wo reißt's di denn am ürgsten?«

»Ja mei, überalln!«

»Soo! Wer'n ma's glei habn. Ziag dei Joppn ab und dei Hemad!«

Dann hat er ihn auf den großen Badersessel niederdruckt und hat ins Glas gegriffen und hat dem Kranken ein etlichs Paar Egel an den Buckel gehängt und ein paar an den Arm.

Und dann war der Bauer wieder gesund.

Der Gschwandlerfranzl ist mein Freund gewesen; drum bin ich oft dabei gewesen in der Baderstuben.

Da hab ich alles gesehen: wie man die Blutegel überall anlegt, sogar ins Maul, wann einem die Zähnt schwärig sind.

Unser Kalb, das Mickerl, hat drei Tag nimmer gefressen gehabt.

Da hat der Großvater gesagt: »Jatz derf i schaugn, daß ma's der Huaberwirt abkaaft, sinst werd's ma gar no süchti aa, dös Viech, dös hoarlos!«

Da hab ich an den Gschwandler gedacht und an das Mittel.

Am Nachmittag hat die Großmutter den Besenstiel genommen und hat in den Stall geschrien: »Was blökst denn allewei, Luaderviech, damischs?«

Denn das Kalb hat furchtbar geblökt und geschrien.

Da hat der Großvater gesagt: »Ah was! Jatz weis' i 's gschwindse füre zum Huaberwirt, jatz mag i's nimmer o'hörn, dös Getua. Ma woaß do net, wia sa si auswachst, dö G'schicht.«

Drauf hat er 's beim Strick genommen und hat's aus dem Stall.

»Ja, Himmikreizdürken! . . . Was is denn jatz dös! Lauter Würm! . . . Ja meiner Seel! . . .«

Ich bin gelaufen, was ich können hab, zum Soalerbrünnl. In dem Graben dahinter gibt es viele Roßegel.

Da hab ich das Glas vom Bader schnell vollgeklaubt und dann hab ich es zugebunden und hab es beim Gschwandler unter die Hausbank gestellt, und der Gschwandlerfranzl hat's schnell hinein aufs Wandbrett, weil er halt mein Freund ist.

Dann bin ich hinten herum wieder heim und hab mich in mein Bett gelegt.

Unsere Schlafkammer ist über der Wohnstube.

Unter meiner Bettstatt ist eine Luke; diese wird abends immer aufgemacht, daß die Schlafkammer auch warm wird.

Die hab ich aufgemacht und hab gehorcht.

Die Großmutter hat gejammert: »Naa, so a Kreiz! Koa Mensch is's gwen, wia d'Lena! Jessas, Jessas! Zwoarazwanzg Bluategel! Wo hat s'as nur herghabt! G'wiß vom Gschwandler!«

Da hat der Großvater gesagt: »D'Lena moanst, Muatter? Dös ko net sein. An Gschwandler geht nix ab vo' seine Egel; i hab'n selm g'fragt.«

's Mickerl aber hat wieder gefressen.

In der Spinnstuben

Im Winter gehn die Weiberleut bei uns zum Spinnen. Halt zu der Freundschaft, in die Brechstuben, sagt man.

Da geht es lustig zu.

Bei meiner Großmutter ist auch Brechstuben gewesen.

Da ist es nicht zugegangen.

Aber es ist doch lustig gewesen.

Da ist die Huberwirtsmarie mit dem Spinnradl und mit dem Schusterpauli zu uns gekommen. Und die Marie hat sich auf das Kanapee gesetzt, und der Pauli hat sich auch hingesetzt.

Dann ist es angegangen.

Die Spinnradln haben geschnurrt, und der Großvater hat Spähne geschnitzt, und ich bin unter dem Kanapee gelegen.

Da hab ich gesehen, daß dem Schusterpauli sein Stiefel die ganze Zeit auf der Huberwirtsmarie ihrem Hausschuh umeinandergetreten ist.

Da hab ich mich umgeschaut.

Neben dem Kanapee unter dem Ofen steht die Schachtel mit den Zuckerschnüren.

Der Pauli hat grad zu der Marie gesagt: »Also, Marei, was is's nachher?«

Da hat die Marie gelacht, und der Stiefel hat wieder furchtbar auf dem Hausschuh herumgetan.

Jetzt ist es gegangen, und ich hab fünfmal geknüpft.

Dann bin ich hinaus.

Die Großmutter hat grade gefragt: »Wia is na' dös, Marie, derf's dei Vater aa wissn z'wegn an Pauli?«

»Jaja, der woaß's a so scho,« hat die Marie gesagt.

Auf einmal bin ich wieder in die Stuben und hab geschrien: »Großmuatter, der Huaberwirt kimmt!«

»Mariand Joseph! G'feit is's!« hat da die Marie geschrien und ist auf und hat in die Kuchel wollen, und der Pauli ist in die Höh und hat in die Kammer wollen.

Aber es ist nicht mehr gegangen.

Das Spinnradl ist am Boden gelegen und war kaput, und die Marie ist mit dem Ellenbogen in das Speibtrücherl und der Pauli mit der Nasen ans Tischeck.

Da hat die Großmutter gesagt: »Was ferchst di denn a so, Marie? I hab g'moant, dein Vatern is's recht z'wegn an Pauli?«

Da sind sie nicht mehr in die Brechstuben gekommen.

* * *

Jetzt war nur noch die alte Sailerin bei uns.

Von der hat man gesagt: sie ist eine Hex.

Die hat alles gewußt:

Daß die Schmiedin zum Advikaten ist z'wegn dem Bachmaurer, weil er ihr in' Roa' einig'ackert hat, und daß die Wagnerlies z' Münka drin schon wieder ein Kind hat, und daß sich bei der Schwaigerin von Balkham schon wieder was angemeldt hätt; es wird leicht jetzt der andre Sohn auch noch sterben an dieser Sucht.

»Was hat eahna denn eigentli g'fehlt?« hat die Großmutter gefragt.

»Was werd eahna g'fehlt habn! Den alten Schwaiger hat am Sunnta' 's Paralyß troffa, daß er no die nämli Nacht g'storbn is. Und wia er den zwoatn Tag so daliegt, da hat er auf amal d' Händ falln lassn und hat's Totenliacht abig'schlagn. Die oan ham g'moant, er is wieder lebendi; aber i hab's glei g'wißt, der holt si oans nachi, da hat sie ebbs o'g'meldt. – Richti: am Freita' bringa s' an Anderl hoam als a Toter. Der Dokta sagt: 's Paralyß. No und gestern z' Mittag fallt mittn drin der große Spiagl oba vo der Mauer, und wia der Michel nachschaugt, siecht er, daß der Nagel ganz g'recht sitzt und der Spiaglschraufa aa. – Also hat si wieder ebbs o'g'meldt!«

Wie die Großmutter an dem Tag auf d' Nacht ins Bett hat wollen, hätt sie bald auch 's Paralyß getroffen.

In der Schlafstuben sind alle Heiligen samt dem Wandherrgott am Boden gelegen, und die Wiege vom Bapistei ist leer gewesen, und die Blumenstöck sind alle in der Großmutter ihrem Bett gestanden.

Im Kleiderkasten hat es furchtbar gepumpert und gepfiffen, und der Bapistei ist im Backtrog unterm Tisch gelegen und hat gewimmert.

Da hat die Großmutter das Kreuz gemacht und hat die Sterbkerzen angezündet und hat gesagt: »Gott steh mir bei! D' Soalerin is do a Hex!«

Da hat der Großvater den Kleiderkasten aufgemacht und hat die Katz heraus und den Bapistei wieder in die Wiegen und hat geschmunzelt und gesagt: »Muatter, i glaab, du muaßt 's Haus ausräuchern. Dö Hex steckt no in der Kammer herin.«

Die Feuersbrunst

Der Besenbinderhansl, der alt' Lump, hat in der Johanninacht beim Lorenzenbauern den Stadel angezündet.

Dann hat's gebrannt.

Da hat man die Sturmglocken geläutet, und die Feuerwehr hat ihre Leut gesucht.

Und die Frau Bürgermeister hat den Schlüssel nicht gefunden vom Feuerhaus, und dann hat der Schlauch ein Loch gehabt.

Da ist der Lorenzenbauer abgebrannt.

Das ganze Dorf hat gelöscht; mein Großvater auch.

Aber er ist doch abgebrannt.

Meine Großmutter ist daheim geblieben in der Schlafkammer. Da hat sie ein geweihtes Wachs aus dem Kommodkasten, ein rotes, von unserer lieben Frau zu Altenötting.

Das hat sie angezündet.

Über dem Bett hängt das Sterbkreuz und der Rosenkranz. Das Sterbkreuz hat sie auf den Kommodkasten hingelegt, und den Rosenkranz hat sie um die Hand gewickelt.

Dann hat sie gebetet: »Im Anfang war das Wort und das Wort war bei Gott und Gott war das Wort, dies war im Anfange bei Gott . . . .«

Dieses Gebet betet man immer, wenn es blitzt oder brennt.

Aber er ist doch ganz abgebrannt.

Dann ist der Großvater heimgekommen, und die Großmutter hat gefragt: »Is's weit g'fehlt, Vater?«

»Ja, 's ganz G'höft is dahi!«

Dabei hat er sich den Schweiß von dem rußigen Gesicht abgewischt.

»Unser lieber Herr! Is do neamd verbrunna?«

»Oa Kuah und zwo Kaibln. An Lorenzen sei Jackl war aa bald hin gwen, wia er 's Viech abg'hängt hat und hat's außatriebn aus dem brinnatn Stall.«

».... Mariand Joseph, Vata! Zwo Kaibln, sagst, und a Kuah aa no! Ja so an Unglück!«

Dann sind sie ins Bett.

Ich habe mich tief unter meine Zudeck verschlossen und habe die ganze Nacht an die Kuah und die zwo Kaibln denken müssen.

Am andern Tag auf d' Nacht nach der Suppen ist der Großvater hinaus nach dem Stall.

Das hat er jeden Tag auf d' Nacht nach der Suppen getan.

Da hat er das Weichbrunnkrügl vom Millikastl herunter und hat den ganzen Stall und die Ochsen und die Küh und die Hennen und den Gockel angespritzt und hat gesagt: »Inser liaber Herr und Heiland Jesus Christ bewahr enk, daß koa Unglück net g'schicht!«

Das war der Segen.

An diesem Abend hat er ihn auch sagen wollen, diesen Segen, aber es ist nicht mehr gegangen.

Denn wie er hinauskommt in den Hausflöz, das ist der Hausgang, da ist ihm das Weichbrunnkrügl aus der Hand gefallen.

Unser Ochs, der Blaßl, ist am Fenster gestanden und hat der Großmutter ihre Geraniumstöcke abgefressen.

Und auf dem weißen Boden sind ein paar braune Fladen gelegen.

Und der Stall war leer.

Die Kühe sind in der Tenne gewesen und haben den frischen Klee vom Heuwagen herunter und haben schon ganz dicke Bäuche gehabt.

Da hat mein Großvater das Kreuz gemacht und ist zu der Großmutter gelaufen.

Aber die Großmutter hat auch nichts gewußt.

»Ja, Himmi, Herrgott! A so a Narretei! Freili hast es du to, Muatter! So ebbs damischs konnst grad du o'richtn!« hat der Großvater geschimpft.

»Waas? . . . Wer! . . . Geh, Vata, wia wer'i denn! Dös hast scho selm to!«

»Ja, was net gar! . . . I! . . . Jatz red do net gar so saudumm daher.«

»Ach! Sei stad! Dös woaß ma eh scho, daß allewei i alloani alles to hab'n muaß!«

»Ja no, na' woaß i's aa net! Na' wern sa si scho selm abg'hängt habn!«

Ich bin auf der Hühnersteigen gesessen.

Jetzt bin ich herunter.

»Ja, Herrschaft! Großvata! Was greinst denn a so? Woaßt es 'leicht nimmer, was heunt Nacht gwen is! Bal 's jatz bei ins aa brinna tat, na' kunnt ma wenigstens insane Küah . . .«

Das andere hab ich nicht mehr gesagt.

Ich bin gelaufen, so weit ich gekonnt hab, sonst hätt ich das Weichbrunnkrügl gewiß droben gehabt am Buckel.

Und das wäre doch eine rechte Sünd gewesen.

Beim Weber

Am Sonntag hat mancher einen Rausch. Aber der Ropfer hat alle Tag einen gehabt, auch am Werchtag.

Der Herr Pfarrer hat ihm viel Worte gegeben, gute und schlechte; aber der Ropfer hat gesagt: »Den brauch i, den muaß i habn, mein Rausch.«

Da ist es halt so geblieben.

Der Ropfer, das ist unser Weber.

Dem sein Weib, die Ropferin, ist halt nicht die rechte Weberin gewesen; mein Großvater sagt immer, die hätt halt do' bei ihrane Säu bleibn solln!

Sie ist nämlich eine solchene Magd gewesen, die wo bei den Schweinen sind.

Drum hat sie auch beim Ropfer einen Stall gehabt.

Aber in der Stuben.

Da sind die Hühner auf dem Webstuhl gesessen, und die Geiß hat das Brot und das Salz aus dem Millikastl geschleckt.

Unter der Ofenbank sind die Kinihasen herumgehupft und auf den Stühlen die Kinder.

Denn sie haben sieben.

Und die Katz ist auf dem zerbrochenen Sesselofen gehockt und hat geschnurrt und auf die vielen Fliegen geschaut, die um den Nachthafen mitten am Stubenboden herumgetanzt sind.

Und die Luft war dick und die Ropferin auch.

So hat es ausgeschaut, wie wir gekommen sind; weil meine Großmutter den Flachs gebracht hat.

Da hat sie grad die Geiß gemolken, die Ropferin.

Und die Kinder haben gerauft um den Schnuller von dem kleinen Ropferbuben. Das ist ein Fleckl, und darin ist ein nasses Brot und ein Zucker.

Den hätte ein jedes haben mögen.

Aber er hat dem Wastl gehört.

Der Ropfer hat gearbeitet, daß alles gescheppert hat, und hat gesungen: »Und der Krieg muß den Frieden vertreiben . . .«

Da hat die Großmutter geschrien. »Grüaß enk Good!«

Sie hat es aber viermal schreien müssen. Da hat die Ropferin das Melken aufgehört und hat gesagt: »Ja, grüaß di Good, Handschuasterin!«

Dann hat sie die Milch auf die Ofenbank gestellt.

Jetzt ist die Katz auch auf die Ofenbank. Und der Ropfer hat furchtbar laut gesungen: »Ja, im Krieg, da wird keiner verscho–o–o–ont!«

Da hat ihm die Ropferin einen Stoß gegeben und hat auf die Großmutter gedeutet.

Die Großmutter ist jetzt hin zu ihm und hat ihm den Flachs gegeben.

Ich bin auch hin.

Da hab ich es gefunden.

Es ist ein irdenes Krüglein gewesen und ist neben dem Webstuhl gestanden. Das hab ich genommen und hab daran gerochen.

Es hat grad so gerochen wie der Großmutter ihr Taubeerschnaps.

Der Herr Pfarrer schimpft furchtbar über das Saufen und am ärgsten über den Schnaps.

Drum hab ich es ausgeschüttet.

In den Hühnertrog.

Dann hab ich das Krüglein in den Milchhafen getaucht.

Die Ropferin hat mit der Großmutter über die Pfarrerlies geschimpft, und der Ropfer hat den Flachs angeschaut.

Da hab ich es wieder hingestellt.

Der Wastl hat die Hosen fallen lassen und ist auf den Hafen gegangen.

»Also, Ropfer,« hat dann die Großmutter gesagt, »tua mi net vergessn und mach mir's billi! Mehra wia zwee Markl zahl i net für'n Bund!«

»Zwee Markl? Naa, naa! Handschuasterin, da muaßt scho no a weng was drauflegn!«

»Ja freili! Zwee Markl und net mehra, sag i!«

»Alsa, Handschuasterin,« hat der Ropfer noch einmal angefangen, »paß auf, i mach mei Sach g'recht: i verlang zwee Markl, und du tuast ma dö Ehr o und schickst ma a Flaschei vo dein' o'g'setztn Taubeerschnaps hintra.«

»Naa, sag i! Du kimmst aa ohne mein' Schnaps zu dein Rausch!«

»Sigst, Handschuasterin, du machst ma's Lebn saur. – Da werd ma ganz loade, sag i dir! – Da muaß i mi wirkli stärka, Handschuasterin! –« Dabei hat er nach dem Krüglein gegriffen. »Mit Verlaub – grad an Weichbrunn auf den Schreckn!«

Da bin ich an die Tür geschlichen.

Die Hühner sind zum Futter geflogen und haben viel gefressen.

»Ja, ja!« hat die Großmutter noch gesagt, »Gott g'segn dir'n! Dös woaß ma scho, was du für an Weichbrunn brauchst! Für di derfan s' amal im Himmi drobn extra . . .«

Sie hat nimmer ausreden können; denn der Ropfer hat kaum die Geißmilch auf der Zunge gehabt, hat er sie auch schon wieder heraußen gehabt.

Da hat sie die Großmutter im Gesicht gehabt.

»Himmi – Kreiz – Kruzidürkn . . .!«

Furchtbar geflucht hat er, der Ropfer, und hat das Krüglein der Ropferin nachgeschmissen.

Und den Hocker auch, auf dem es gestanden war. Und das Lieserl und den Hansl hat er gepackt und hat sie in die Ecke geschmissen und hat noch lauter geflucht, und alle haben geschrien, und die Großmutter hat sich das Gesicht abgewischt und ist davon, und alle sind davon.

Der Wastl ist über das Haferl gefallen, und die Geiß und die Hühner sind heraus, und alles hat geschrien.

Der Ropfer ist ganz narrisch gewesen vor lauter Wut.

Und dem Wastl sind ein paar Kinihasen zwischen die Füße gesprungen und er ist zum Haus herausgefallen, und das Blut ist ihm heruntergelaufen, und er hat seine Nase gehalten und geschrien: »I blüat! I bin tot!«

Sein Schnuller ist auch blutig gewesen.

Ich hab mich an das Nachbarshaus gestellt.

Da hab ich alles gesehen.

Meine Großmutter ist heimgelaufen und hat recht geschrien.

Und die Hühner haben angefangen zum Torggeln und alles war dahin.

Da hat der Gockel auch angefangen und hat mit den Flügeln geschlagen und hat nicht mehr laufen können von dem Schnaps. Und da haben sie immer die Füße aufgehoben und der Gockel auch und sind doch nicht vorwärts gekommen.

Da hab ich furchtbar gelacht.

Aber der Wastl hat gar nicht mehr aufgehört zum Weinen und ist ohne Hosen um das Haus gelaufen.

Und das Haus war zugesperrt, und ich habe keinen Menschen mehr gesehen und kein Kind.

Da habe ich den Wastl bei der Hand genommen und bin mit ihm an den Bach.

Hinter dem Sägmüller.

Weil er mir erbarmt hat.

Dann hab ich ihn in den Bach hinein und ich bin auch hinein, und er hat noch immer geschrien.

»I bin tot, i blüat!«

Und wie er im Wasser war, hab ich ihm sein Jopperl ausgezogen. Dann hab ich ihm das Hemd ausgezogen.

Das waren nur noch Fetzen.

Aber es war doch sein Hemd.

Mit dem hab ich den Wastl gewaschen. Dann hat er noch viel ärger geschrien und hat davon wollen.

Und dann ist er umgefallen und wäre bald ertrunken.

Aber ich habe ihn wieder heraus. Und das Jopperl ist fortgeschwommen.

Das Hemd auch.

Da hab ich etwas gesehen.

Es war eine Wasch von der Müllerin, die ist im Gras gelegen zum Bleichen.

Da hab ich ein Tischtuch genommen und hab den Wastl eingewickelt und hab gesagt: »Jatz gehst hoam und laßt di o'ziagn.«

Derweil hat es aber die Müllerin gehört, weil er so geheult hat.

Da bin ich durch den Bach gewatet und hinter die Büsche, und der Wastl ist dagestanden und hat noch immer geblutet und geschrien.

Der Müllerin aber hat er gar nicht erbarmt, und sie hat so geplärrt und hat ihm das nasse Tischtuch herumgehaut: »Hab i di derwischt, du Hundsbua, du miserabliger!« hat sie geplärrt, »wart, dir wer' i fremdn Leutn sei Sach stehln!«

Und dabei hat sie ihn wieder gehaut.

»Und voller Dreck is's aa! Und voller Bluat is's aa!«

Dabei hat sie es ihm wieder herumgehaut. Und dann ist sie fort.

Der Wastl hat so geschrien, daß ich gemeint habe, er steckt im Messer.

Dann ist er heim.

Ganz pudelnackat.

Aber er war nicht mehr dreckig. Bloß von der Nasen ist noch immer das Blut heruntergetröpfelt.

Da bin ich auch heim.

Aber am andern Tag ist er doch wieder dreckig gewesen und noch immer blutig und hat einen Rock angehabt und gar keine Hosen.

Und der Rock ist von der Zenzi, und er ist ihm viel zu lang.

Und auch dreckig.

Und er ist doch schon bald sechs Jahre alt.

Da hat er mir nicht mehr erbarmt.

Der Bettelsack

Die alte Sailerin hat einmal meiner Großmutter einen Ausspruch getan.

Das heißt man wahrsagen.

Und sie hat gesagt, daß es im Stall nicht mehr richtig ist, sie weiß es.

Da ist der Großmutter gleich angst worden, und sie hat gesagt, sie läßt ihn aussegnen, und der Großvater hat gesagt, er schmeißt sie hinaus, wenn sie wieder was weiß, die alte Hex.

Aber es ist furchtbar zugegangen. Weil die Scheckalies ein Loch im Bauch gehabt hat.

Das hat ihr der Blaßl hineingestoßen mit seinen Hörnern.

Das ist recht arg gewesen.

Und der Tierarzt hat gesagt, es ist nichts mehr zu machen, und ihr müßt sie halt schlachten lassen.

Dann ist der Schinder gekommen.

Der ist ganz langsam um die kranke Kuh herumgegangen und hat große Falten ins Hirn gemacht.

Mein Großvater hat ihn gefragt, ob er sie mag.

»Ja, warum net!« hat der Schinder gesagt und ist wieder herumgegangen.

»Was gibst mir denn dafür?« hat der Großvater gefragt.

»Ja mei, da ko ma halt net guat ebbas sagen, Handschuster!«

Dann hat der Schinder seine große Schnupftabakdose herausgezogen und hat geschnupft.

»Dös woaßt scho, Handschuster; i bin a armer Teifi und muaß bei an jedn Stuck ei'büaßn! – Hazzih – bei jedn Stuck, sag i dir, büaß i ei'!«

»Ja, was net gar! Helf dir Good!«

»G'segn dir's Good, Handschuster! Ja, g'wiß und wahr is: bei r an jedn Stuck!«

»Geh, was sollt denn na' i sagn! Moanst 'leicht, mir ham s' es g'schenkt, z' Holzkircha!«

»Ko ma net wissn, Handschuster, ko ma net wissn!«

Dann hat er sich geschneuzt, der Schinder.

»Ja, was biatst ma denn überhaupts? Da redt er allewei vo Ei'büaßn und hat no net amal ebbs botn!« hat der Großvater wieder angefangen.

»Ja mei, Handschuster, dös is gar net so oafach! – Schaug! – Net? Du woaßt es selm, Handschuster, an Schaden hab i allewei!«

Dann hat er seine Hand auf meinen Großvater seine Achsel gelegt: »Sigst, du bist mei Freind, Handschuster, du bist mei Freind. Drum gib i dir dös Höchste, was i dir gebn ko! – Geh, magst net amal schnupfa?«

Dabei hat er meinem Großvater seine Dose unter die Nase gehalten.

Der Großvater hat ein paar Schritt zurückgemacht: »Naa, g'segn dir's Good! I schnupf nixn. Sag ma liaber, was d' ma gibst für den Ranker, bevor er verreckt.«

»Du bist halt a braver Mo, Handschuster. Du sagst es oan glei selm, bal' a Viech nixn taugt. No ja, i hab's ja selm scho g'sehgn, daß a Ranker is, a rechter Ranker!«

»Jatz hörst ma aber auf! Hallodri, verfluachter! I wer' dir's glei zoagn, wer der Ranker is! Balst es um hundertfufzg Markl habn willst, na' ko'st es habn. Wenn net, na' schaugst, daß d' weiter kimmst, na' gib i 's überhaupts net her; na' schlag i 's selm.«

Da hat der Schinder geschrieen: »Ja, was fallt dir denn ei'! Koane hundert gab i dir, koane hundert!«

Dabei hat er gelacht.

Und wie er noch lacht, kommt der Huberwirtsisidor zur Stalltür herein: »'ß Good, Handschuster! Der Vater schickt mi hintere; balst mi brauchst zum Schlagn, na' derfst es grad sagn. Der Tierarzt hat's eahm g'sagt zwegn der Kuah. Der Vater moant, bal' ma's no braucha ko, nimmt er dir's scho ab, 's Fleisch!«

Wie der Schinder das gehört hat, hat er den Großvater beim Arm gepackt und hat gesagt: »Also, was is's, Handschuster? Gibst ma's na' um hundert Mark?«

Aber der Großvater hat nicht mehr gehört und hat den Isidor gefragt: »Was moanst denn, Dori, daß er ma gibt, dei Vater?«

»So viel, wia der da hinten aa!« hat der Isidor gesagt und hat den Schinder verächtlich angeschaut.

Da hat der Schinder recht geschimpft über den Brotneid und hat gesagt, daß er ein armer Mann ist, und dann ist er davon.

Da haben sie die Kuh in der Tenne geschlachtet und an die Balken gehängt, und haben ihr die Haut herunter wie einem Erdapfel.

Wie dann mein Großvater auf d' Nacht mit der Großmutter die Nachtsuppen gegessen hat, hab ich es gehört, daß es ein Verdruß ist, und daß wieder zweihundert Mark hin sind, und er bringt ihn noch um, den Blaßl.

Und die Großmutter hat gesagt, untersteh di, unser liaber Herr werd scho wieder helfa.

Aber der Großvater hat gesagt, hör ma auf, dö Hilf kenn i scho; und hat seinen Löffel an den Hemdärmel hingewischt und hat gesagt, himmlischer Vater, wir danken dir, daß du uns gespeist hast, Amen. Das war das Tischgebet.

Am andern Tag in aller Früh bin ich aufgestanden und hab der Großmutter ihr weißes Halstuch aufgesetzt und hab den Zegerer genommen.

Das ist ein großer Sack mit einem Gschloß. Und zwei Handheben. Aber man sagt Zegerer.

Dann bin ich fort.

Und ich hab gedacht, daß die Kapuziner auch einen Zegerer haben und bloß gelt's Gott sagen, und in der Legend steht es auch von den Heiligen.

Und der Meßner in der Kirch geht auch jeden Sonntag mit seinem Klingelbeutel umeinander und sagt gelt's Gott.

Also hab ich auch gelt's Gott gesagt.

Aber es waren viele Papierl, und die Bäuerinnen haben gesagt, verlier's fei net.

Und die Hausnerin von Kolbing hat gesagt, daß es ein Graus ist, so ein kleines Kind und so ein großer Zegerer.

Weil er schon ganz voll war.

Weil sie mir soviel Schmalz gegeben haben und Eier und Flachs und Nudel. Und ich war in Haslach und in Kolbing und in Frauenbrünnl.

Und die Meßnerin von Frauenbrünnl hat mich davon gejagt und hat furchtbar geschimpft über die Bettelleut.

Aber das macht nichts.

Dafür muß sie jetzt das Fenster zupappen. Oder dem Glaser sagen, daß es hin ist.

Aber die Noimerin in Haslach hat mir ein großes Papierl gegeben und hat gesagt, daß mein Großvater ein kreuzbraver Mann ist, und die Reischbin hat mir zwölf Bruteier versprochen und hat gesagt, g'segn dir's Gott.

Weil ich auch gelt's Gott gesagt hab.

Und mein Großvater hat sie alle aufgewickelt, und es war lauter Geld drinnen in den Papierln.

Und bei der Noimerin ein Taler.

Sieben Schmalz und vier Flachs und achtunddreißig Mark im Ganzen.

Aber zwei Eier waren hin.

Aber das macht nichts.

Es sind noch dreizehn, und die Reischbin bringt noch zwölf.

Dann kriegen wir wieder Hendl. Oder Gickerln.

Und ich hab mich furchtbar gefreut; und der Großvater hat gesagt, ich bin ein dummes Nachtei, und die Großmutter hat gesagt, daß inser liaber Herr hilft.

Aber am Sonntag nach der Kirche ist der Großvater gar nimmer fertig worden mit lauter gelt's Gott.

Da haben die Bauern zu ihm gesagt, mir lassn di net hänga, Handschuasta, und der Schmied von Kolbing hat ihn gefragt, ob er das Fufzgerl kriegt hat, er hat's gut eingewickelt ins Vaterland.

Und man hat von allen Seiten sehen und hören können, wie die Leut barmherzig sind, und wieviel als sie uns geschenkt haben.

Aber es waren doch bloß achtunddreißig Mark.

Und es sind doch zweihundert hin.

Die Obstlese

Im Sommer wachsen allerhand Beeren.

Die einen wachsen auf dem Boden, das sind die wilden.

Da sagt man, man geht in die Erdbeer oder in die Taubeer.

Aber an den Sträuchern wachsen die andern.

Bloß die Himbeer sind auch wilde.

Aber die Johannisbeer nicht, und die Stachelbeer auch nicht.

Die wachsen eingesperrt.

Hinter dem Zaun oder in der Mitte vom Garten.

Bei meiner Großmutter sind keine gewachsen.

Aber beim Nachbar.

Das ist beim Gschwandler.

Aber das macht nichts.

Da geht es doch, weil der Zaun kaput ist; ich habe es neulich gesehen, wie der schwarze Kater vom Neuwirt und die rote Miezl vom Gschwandler durchgeschloffen sind. Da hat die Latten schon furchtbar gewackelt.

Und die Kriechen sind jetzt auch zeitig.

Bei der Schmiedin von Adling.

Das sind kleine Pflaumen; aber man sagt Kriechen.

Die holen wir immer bei der Schmiedin.

Die weiß es schon.

Und schimpft furchtbar.

Aber das macht nichts.

Weil sie die Wassersucht hat.

Drum kann sie nicht mehr laufen, hat die alte Sailerin gesagt.

Das ist ganz recht.

Weil sie neun Kriechenbäume hat.

Sie hat schon Äpfel auch und Birnen auch, aber die sind noch nicht zeitig.

Aber die Kirschen sind damals grad zeitig gewesen, wie wir gekommen sind.

Aber da ist der Knecht dazugekommen.

Er hat mich aber nicht gehaut, weil er ein feiner Mensch ist.

Und das letzte Mal ist er im Wirtshaus gewesen, wie wir gekommen sind.

Der Schlosserflorian und der Neuwirtshubertl und ich.

Der Hubertl hat gesagt, heut kriegen wir grad genug, weil der Knecht schon Schnaderhüpfl singt. Da bleibt er noch lang sitzen im Wirtshaus. Er geht immer zum Neuwirt, weil da ein Orchestrion ist.

Da habe ich der Großmutter ihren großen Brotkorb genommen und der Florian eine Millikandl.

Aber der Hubertl hat gesagt, daß er das nicht mag, weil er daheim doch wieder ein Bier trinkt.

Da hat er bloß seinen Hut voll gemacht.

Und es ist gut gegangen und kein Mensch nicht gekommen.

Aber ich habe so viel gegessen, daß mir auf einmal ganz schlecht war, und ich hab meinen Korb kaum mehr tragen können.

Und dann ist der Herr Lehrer gekommen, und die andern sind davon.

Aber ich habe nicht mehr können, und es war mir noch viel schlechter.

Und ich habe mir gedacht, wenn ich doch das nicht getan hätte, und ich tu es nicht mehr.

Da ist er hergegangen und hat gesagt, was tust du da?

Da hab ich gesagt, daß der Korb so schwer ist und mir ist so schlecht.

Da hat er gesagt, wie, laß einmal schauen! Und dann hat er den Korb genommen und hat gesagt, das glaub ich gerne; das ist aber auch eine Dummheit, daß man dir einen so schweren Korb tragen läßt!

Und dann hat er ihn mir tragen helfen.

Bis zu uns.

Und er hat es nicht gespannt, und die Großmutter auch nicht.

Weil ich gesagt hab, daß sie von der Schmiedin sind, und sie hat gemeint, geschenkt.

Aber jetzt gehe ich nicht mehr hin.

Weil ich etwas anderes weiß.

Nämlich der Pomeranzenkorb von der Kramerin steht am offenen Fenster.

Die Pomeranzen sind noch viel besser wie die Kriechen. Die bringt immer die Bötin mit, wenn sie in die Stadt fahrt.

Die hat gesagt, daß es italienische sind.

Aber das macht nichts, deswegen sind sie auch gut.

Die Italiener kann ich nicht leiden; das sind solche wilde Schlowaken. Die können nicht einmal gescheit reden. Und sie müssen die neue Bahn bauen, und am Sonntag hat einer einen erstochen.

Aber die Pomeranzen sind ganz gut.

Ich hab schon fünf gegessen.

Und die Schlosserresl hat auch eine gegessen.

Aber das war keine Pomeranze.

Bloß eine Zitrone.

Die sind nicht gut, aber furchtbar sauer.

Und sie hat die ganzen Prügel gekriegt.

Weil sie die Kramerin erwischt hat.

Und sie hat absichtlich die Zitronen hingestellt.

Das hat sie meiner Großmutter gesagt, und hat gefragt, ob sie nichts gesehen hat, daß ich einmal eine heimgebracht hätte.

Aber meine Großmutter hat gesagt, das wär noch das schönere! Ob die Kramerin meint, daß wir auch eine solchene Bagaschi sind, wie die Eisenbahner!

Und sie hat zu mir gesagt: »Gel Lenei, du hast nixn g'nomma?«

Da hab ich gesagt: »Naa, i woaß gar net, was daß du moanst.«

Aber ich hab es schon gewußt.

Und dann hab ich es der Resl gesagt.

Weil ich einen Zorn auf sie gehabt hab und eine Rache hab nehmen wollen.

Weil sie alles dem Pfarrer pritscht, wenn man etwas tut.

Und ich hab gar nichts Arges getan, bloß meine Hände hab ich nach dem Gräberrichten gewaschen. Im Weichbrunnzuber, hinten in der Kirche.

Aber die Kramerin hat gelurt und ist ihr nach, und dann ist ihr die Resl doch ausgekommen.

Ich habe auf dem Berg an der Eichenallee auf sie gewartet.

Da hat sie ein furchtbares Gesicht gemacht, weil sie hineingebissen hat.

Ich habe gesagt, daß sie alles essen muß, weil man sie sonst finden kann, aber sie hat nicht können, weil es doch eine Zitrone war.

Da ist sie an den Bach gelaufen und hat sie hineingeschmissen.

Aber daheim hat sie furchtbar Prügel gekriegt.

Das war ganz recht; wer andern eine Grube gräbt, fällt selbst hinein.

Das Verbrechen

Bei meinen Großeltern ist es furchtbar schön gewesen.

Aber ich habe auf einmal nach München müssen zu der Mutter.

Da ist es mir nicht mehr gut gegangen, und ich habe viele Prügel gekriegt.

Und ich wäre bald tot gewesen.

Aber sie haben das Lausdirndl doch nicht ganz totschlagen können.

Einmal ist doch etwas passiert.

Das war in der Schule.

Da muß immer eine die großen Schultafeln abwaschen.

Jede Woche trifft es eine andere.

Mich hat es auch getroffen.

Da habe ich die Kreide gefunden.

Die Kleitnerlina hat auch eine gefunden.

Am Samstag um zehn Uhr in der Pause haben es alle gesehen im Abort und haben gelacht. Bloß die Firnstein, das Gscheiderl, hat nicht gelacht und hat gepfiffen.

Da hat das Fräulein den Zwicker aufgesetzt und hat zwei dicke Falten zwischen den Augenbrauen gemacht und hat gefragt: »Welche von euch hat sich unterstanden, die Abtrittüren in so schamloser Weise zu bemalen?«

Da haben sie es nicht gewußt. und etliche haben gelacht.

Das Fräulein hat jede durchbohrend angeschaut und hat geschrien:

»Das ist ein trauriges Zeichen der Zeit, daß die Jugend schon so vergiftet ist und keinen Respekt mehr hat vor den geheiligten Stätten der Erziehung!«

Da haben noch mehrere gelacht.

Das Fräulein hat mit großer Trauer gesagt:

»Ja, lacht nur! – O es wird die Stunde kommen, wo ihr blutige Tränen der Reue vergießen werdet wegen der Freveltaten, die ihr begangen an der Schule und ihren Lehrern! – So! – und nun werde ich es dem Herrn Oberlehrer melden!«

Dann ist sie gegangen.

Die ganze Klasse hat gelacht und alle haben sich gefreut.

Die Kleitnerlina hat gesagt: »Ich möchte gern meine Kreide wegschmeißen, aber die passen alle auf.«

Da habe ich gesagt: »Mir lassen sie einfach fallen.«

Das haben wir getan.

Aber da ist der Herr Oberlehrer gekommen und der Herr Religionslehrer und noch ein paar Lehrer, und der Oberlehrer hat gefragt: »Welche von euch war so frech, diese schamlosen Bilder an die Aborttüren zu zeichnen?«

Und das Fräulein hat dem Herrn Oberlehrer halblaut ein paar Namen genannt, und ich habe auch den Namen Christ verstanden.

Darauf hat er gesagt: »Rufen Sie die Subjekte einmal heraus, Fräulein!«

Da haben wir hinaus müssen; die Pachmeier und die Loibl, die Kleitnerlina und ich.

Aber wir haben alle gesagt, wir haben es nicht getan.

Und die anderen Lehrer sind an unsere Plätze und haben alles visitiert.

Da haben sie die Kreide gefunden.

»Wer sitzt hier?« hat der eine Lehrer gefragt.

»Die Kleitner,« hat das Fräulein gesagt.

»Da ist eine Kreide gelegen!« hat er gerufen und hat sie hinaus auf das Pult.

»Hier liegt auch eine!« hat der andere geschrien; »wer sitzt hier?«

»Die Christ,« hat das Fräulein gesagt und hat mich spöttisch angeschaut.

Da haben wir wieder gesagt: »Wir haben es nicht gemacht!«

»Das wird sich beweisen!« hat der Herr Oberlehrer gesagt. »Fräulein, geben Sie den Subjekten eine Kreide und lassen Sie jeder auf der Schultafel das Bild zeichnen. Die andern Schülerinnen sollen einstweilen in den Hof gehen.«

Da haben wir es zeichnen müssen.

Die Kleitnerlina kann es so nicht, die hat ja keinen Dunst vom Zeichnen.

Aber ich hätte es schon können.

Ich habe aber schon gewußt, warum ich es ganz anders gemacht habe; den Kopf ganz groß und rund und bloß Punkte für die Augen und die Nase.

Und einen ganz kleinen Bauch und lange Striche für die Füße und Hände.

Und den Nachthafen habe ich überhaupts nicht gemacht.

Die Kleitnerlina hat ihn schon gemacht, aber recht dumm.

Da hat der Herr Oberlehrer gesagt: »Ich glaube, wir haben uns doch getäuscht, das ist etwas ganz was anderes.«

Und der Religionslehrer hat gesagt: »In der Religion sind sie gut. Besonders die Christ weiß alles. Ich glaube es auch nicht.«

Aber das Fräulein hat gesagt: »Ja, Herr Hochwürden, das ist alles ganz schön. Aber die Kreide haben sie doch gestohlen! Dafür muß man sie doch strafen.«

Da hat der Herr Religionslehrer gesagt: »Darüber besteht kein Zweifel! Das muß exemplarisch gestraft werden!«

Und der Herr Oberlehrer hat gesagt: »Das überlasse ich Ihnen, Fräulein!«

Da hat die Kleitner eine Stunde dableiben müssen und ich auch.

Die Kleitner ist in das vierte Klaßzimmer gesperrt worden und ich in das unsrige.

Und wir haben das siebente Gebot lernen müssen.

Das hab ich aber schon können.

Drum hab ich mir das Schulzimmer genau angeschaut in der Stunde; auf den Bänken, unter den Bänken und auch das Pult.

Da hab ich gesehen, daß das Fräulein nicht zugesperrt hat.

Und die Schlüssel sind gesteckt.

Ich habe schnell gehorcht, ob niemand kommt, dann hab ich hineingeschaut.

Rechts waren die Hefte. Die hab ich nicht angeschaut. Aber den dicken Pack mit den Zensuren habe ich schon angeschaut. Die waren links ganz oben.

Aber ich habe so furchtbar Herzklopfen gehabt und habe immer geglaubt, es kommt jemand.

Es ist aber niemand gekommen.

Da habe ich meinen Bogen gesucht.

Sie liegen alle nach dem Alphabet und obenauf liegt die Anwander.

Bei dem meinigen ist gestanden, daß ich nicht offenherzig bin, und von leichtfertig und gedankenlos.

Und für alle Tage ist etwas gestanden, und da habe ich mir gedacht, das kommt alles in die Noten.

Und ich habe an die Prügel gedacht.

Aber man hätte es gleich gesehen, daß er nicht mehr da ist; und die andern sind auch froh, wenn sie keine solchen schlechten Noten kriegen.

Dann hab ich schnell zugesperrt und habe die andere Schublade auch noch zusperren wollen; aber da habe ich etwas gehört.

Da hat mir das Herz wieder ganz stark geklopft und ich habe gar nicht mehr gewußt, was ich machen soll.

Es war der Hausmeister, und er hat zuerst die Kleitner herauslassen.

Ich habe mich schnell in die Schulbank gesetzt und habe ganz laut gelernt.

»Du kannst gehen!« hat er gesagt.

Ich habe schnell meinen Hut genommen und bin davon; aber ich bin noch nicht heim.

Auf der Kohleninsel habe ich es nochmal gelesen, dann habe ich alles in die Isar geworfen.

Wie ich heimgekommen bin, hat die Mutter schon mit dem Stecken auf mich gewartet, weil es ihr die Hugendubl gleich geratscht hat, daß ich dableiben muß.

Aber ich weiß schon, was ich ihr antue, der Scheinheiligen; wenn sie morgen auf d' Nacht wieder mit mir das Bier holt, dann muß sie der Pfeffermaxl hinschmeißen.

Den kennt sie nicht.

Wie ich am Montag in der Früh in der Schule gesessen bin, habe ich mir fest vorgenommen, daß ich jetzt recht ordentlich bin, weil wir nächste Woche die erste Beicht haben.

Da hat um halb neun Uhr das Fräulein die Tafelwischerin gefragt, ob sie ihre Schlüssel nicht weiß.

Aber sie hat es nicht gewußt, und sie hat den Hausmeister kommen lassen.

Der hat es auch nicht gewußt.

»Das ist mir aber sehr peinlich,« hat sie zum Hausmeister gesagt, »der Herr Oberlehrer sieht es gar nicht gern, daß etwas fehlt. – Und ich habe sie nicht mehr.«

Da hat der Hausmeister gesagt, daß schon noch Schlüssel da sind, und der Herr Oberlehrer hat die seinigen auch schon einmal verloren.

Um neun Uhr, wie es geläutet hat, ist das Fräulein zum Herrn Oberlehrer, und um zehn Uhr hat sie es gesehen.

Da ist sie ganz blaß geworden, und dann wieder ganz blau und rot, und hat geschrien: »Das ist unerhört! Da ist ein Verbrechen geschehen! Sieben fehlen!«

Und dann hat sie viele Tatzen hergegeben und hat uns falsche Sachen gesagt und ist ganz auseinander gewesen.

Am Nachmittag hat die Kleitner zum Herrn Oberlehrer müssen, und darnach ich.

Ich habe gezittert und habe mich zu den armen Seelen verlobt, wenn sie mir helfen.

Da hat er mich gefragt: »Warum hast du es getan? Das ist ein Verbrechen!«

Aber ich habe gesagt, ich weiß doch gar nichts, und ich bin überhaupts nicht so, bloß weil mich das Fräulein dick hat.

»Du hast zu schweigen!« hat er mich da angeschrien. »Du kannst es nicht leugnen, es steht schon auf deinem Gesicht!«

»Und ich weiß nichts! Und überhaupts hab ich noch gar nie nichts getan und muß immer alles getan haben.«

»Halte deinen Mund, Subjekt! Ich weiß es schon, was ich tue!«

Am andern Tag in der Früh hat meine Mutter in die Schule kommen müssen, und dann haben sie ihr es gesagt.

Aber ich habe ganz laut geschrien, das ist nichts wahr, und meine Mutter hat gesagt. »Herr Oberlehrer, Herr Hochwürden, das muß ich mir verbitten. Meine Tochter wird sehr streng erzogen von mir; und überhaupts, wo sollt sie's denn her habn! Mir san anständige Bürgersleut, ehrliche!«

Bei den letzten Worten hat sie geschluchzt und hat gar nichts mehr gehört und hat immer gesagt: »Mir gebn ihr nur a guats Beispiel!« Und hat furchtbar geweint.

Da hab ich auch gesagt, ich sag es ganz bestimmt, ich bin es nicht gewesen.

»Dann ist es ein Versehen, Herr Hochwürden!« hat da der Herr Oberlehrer gesagt; »ich glaube doch, Sie haben recht: vor der ersten Beichte tun sie so etwas nicht.«

Da hab ich drei Tage einen Vaterunser für die armen Seelen gebetet, weil sie mir geholfen haben.

Ich bin wieder da

Meine Mutter hat mir oft gesagt, daß sie das für das beste hält: Dreimal im Tag Prügel und einmal was zu Essen.

Aber ich habe oft gleich fünfmal Prügel gekriegt und gar nichts zu Essen.

Aber das macht nichts.

Dafür hat mich die Frau Baumeister wieder zu meinen Großeltern.

Da gibt es fünfmal was zu Essen und gar keine Prügel.

Das ist fein.

Da ist es mir furchtbar gut gegangen.

Und es ist wieder Verschiedenes passiert.

Zuerst ist die Kaffeemühle nicht mehr gegangen und das Butterfaß.

Weil sie ganz hin waren.

Dann hat der Brunnfärber auf einmal ein Schreiben vom Bürgermeister gekriegt, daß es ein Verbrechen ist, und daß er alles ersetzen muß.

Und er hat gesagt, das ist unerhört, und ich bin ein rechtschaffener Mann und ein Meßmer, und sie sind halt ausgekommen.

Aber es waren vierundzwanzig Stallhasen, und sie sind alle durch das Loch im Zaun in den Garten vom Tierarzt.

Und das ganze Gemüse war hin und das Kraut auch.

Und sie haben es erst gesehen, wie es schon passiert war, weil der Tierarzt grad beim Schloderbauern war. Weil dem seine schwarze Kuh zwei Kälber gekriegt hat.

Und der Brunnfärber hat es auch nicht gesehen, weil er ministrieren hat müssen in Frauenreuth. Da hat die tote Hauserin ihren Jahrtag gehabt.

Das haben wir aber alles gewußt.

Weil es uns der Brunnfärbersimmerl gesagt hat. Und er hat gesagt, daß er noch einen Klee schneiden muß für die Hasen.

Und dann waren sie nicht mehr da.

* * *

Der Brunnfärber hat eine furchtbare Wut gehabt, und er hat gesagt, daß er es schon noch herausbekommt, wer ihm das angetan hat.

Und er hat die Kinder in der Kirche furchtbar angeschaut und hat gleich jedes bei den Ohren genommen, wenn man nicht still war.

Und bei der Predigt hat er alle Augenblick einen Buben hinaus und hat ihm eine heruntergehaut, und er hat gesagt, da köhnte ös eunem schon verdrühsen, ein Möhßmer zu bleiben, wen man solchene Lühmeln haht.

Aber wir haben ihn ausgelacht, weil er immer so furchtbar fein geredet hat, wie wenn er ein Graf wär oder der Pfarrer, und er war doch bloß ein Bauernfärber.

Und die Apothekermariele hat gesagt, daß sie ihm gern was antun möchte, daß es ihn recht ärgert.

Da hab ich gesagt, ich weiß schon etwas, das tut man in der Stadt auch.

Aber sie hat gesagt, das langt nicht; es muß was viel Ärgeres sein.

Dann habe ich was viel Ärgeres gesagt, und sie hat gesagt, daß sie eine Schachtel voll mitbringt.

Am Sonntag gehen bei uns alle Kinder barfuß in die Kirche; bloß im Winter haben sie Schuhe an. Weil es sonst so viel Spektakel macht auf dem Pflaster, und das kann der Herr Pfarrer nicht vertragen.

Aber da war noch Sommer.

Da ist es gegangen.

Am Samstag nach dem Rosenkranz haben wir es hin.

Aber bloß bei den Buben.

Die Buben knien rechts und die Mädeln links beim Altar.

Und das Pflaster ist ganz weiß und schon ganz rauh, weil es alt ist.

Und bei der Predigt muß man sich auf die Betstühle sitzen, weil keine Bänke sind. Bloß für die Leut sind Bänke.

Um acht Uhr in der Früh hat man die große Glocke geläutet, und dann sind alle hinein in die Kirche.

Dann ist die Predigt gewesen.

Und der Herr Pfarrer hat von der Austreibung aus dem Tempel gepredigt und hat geschrieen: »Mein Haus ist ein Bethaus, Ihr aber habt es zu einer Mördergrube gemacht!« Und er hat furchtbar geschimpft über die unandächtigen Leut, die in der Kirche schwätzen und sich umdrehen.

Und dann hat er auch die Kinder angeschrieen, daß sie nicht immer lachen sollen und sich von den Betstühlen herunterstoßen, und daß er sie alle hinausschmeißt, wie Christus, wenn sie noch einmal mit ihren Messern, Bildern oder Schmalznudeln in der Kirche und unter der Predigt Handelschaften treiben.

Aber es ist eine furchtbare Unruhe bei den Buben gewesen, und der Brunnfärber hat so viele Püffe und Ohrfeigen ausgeteilt, wie noch nie.

Aber es ist alles umsonst gewesen.

Der Nackmoarhansl hat auf einmal ganz laut gesagt: »Herrgott, jatz werd's ma aber z' dumm! Mi beißen meine Füß glei so viel!«

Und der Lindnerpeterl hat gesagt, daß er sich die Zehen abreißen könnte, so jucken sie ihn.

Und dann hat auf einmal einer nach dem andern zu kratzen angefangen und zu wetzen, und sie haben ganz laut geschimpft.

Und der Meßmer hat immer mehr bei den Ohren gepackt und hinausgeführt.

Und der Herr Pfarrer hat nicht mehr weiter predigen können und hat geschrieen, daß er die ganze Gesellschaft morgen in der Schule durchhaut.

Nach der Kirche sind sie alle an den Bach gelaufen und haben gemeint, es sind Ameisen.

Aber es war bloß Juckpulver.

* * *

Wenn der Brunnfärber das herausbekommen hätte, daß es ich getan habe, dann wäre es mir schlecht gegangen.

Aber ich habe mich nicht erwischen lassen.

Ich weiß es schon, wie man es machen muß.

Man muß ihn immer furchtbar höflich grüßen, dann denkt er an gar nichts Schlechtes mehr.

Weil er das so gerne hat, daß man ihn so höflich grüßt, wie den Pfarrer.

Dann sagt er immer: »Grieß dich Good, meune Lühwe!«

Ich bin schon froh, daß er so dumm ist; sonst hätte er es der Schlosserresl ganz gewiß gleich geglaubt, wie sie mich bei ihm so verratscht hat.

Aber es macht nichts.

Er glaubt es doch nicht. Und ihr tu ich schon noch was an.

Ganz was Furchtbares.

Vielleicht schmeiß ich ihr einen Stein nach; oder ich lasse ihr vom Gschwandlerfranzl ein paar runterhauen; ich weiß noch nicht, was.

Aber ich finde schon was.

Und wenn sie am Samstag beim Steinigen wieder mittun möchte, dann jag ich sie weiter. Sonst ratscht sie das auch wieder.

Das ist ein furchtbar schönes Spiel.

Da ist einer der heilige Stefan, und fünf andere sind die Heiden. Dann kommen die Apostel und die frommen Leut, wo ihn wieder stehlen und eingraben.

Das tut man aber nicht echt. Bloß auf einen Bretterstoß wird er gelegt.

Und er ist gar nicht wirklich tot.

Weil wir keine so großen Steine nicht nehmen.

Die andern nehmen überhaupts bloß einen Lehm; da macht man Kugeln daraus. Aber ich habe schon einen Stein gehabt; einen runden Kiesel.

Dafür habe ich auch nicht auf den Stefan geschmissen. Bloß auf den Florian beim Lorenzenbauern.

Der steht in einer blauen Nische über der Haustür.

Und ich hab gesagt, er ist gipsern.

Aber der Schneidertoni hat gesagt, hölzern.

Da hab ich es probiert.

Aber er war doch gipsern.

* * *

Vorigen Samstag haben sie die arme Weberlies eingegraben. Die war bloß sechzehn Jahr alt und ganz bucklig.

Da hab ich mich furchtbar geärgert, wie die eingegraben worden ist.

Nicht einmal einen Kranz hat sie gekriegt.

Und einen Nasendetscher hat sie gehabt als Sarg.

Das ist schon gemein.

Aber es macht nichts.

Jetzt hat sie schon einen Kranz; und ein schönes Grab auch.

Die alte Posthalterin hat so einen ganzen Garten auf ihrem Grab gehabt und die tot Hollerbäuerin auch.

Und der Herr Hans vom Baron droben hat gleich sieben Kränze dort gehabt auf seinem Grab.

Jetzt hat die arme Lies auch einen.

Die Barons hab ich so so dick; die sind furchtbar überspannt. Besonders sie, die Baronin.

Die kann die Bauern nicht riechen.

Aber das macht nichts.

Der passiert schon auch noch einmal was. Vielleicht etwas ganz Arges.

Vielleicht werden ihre Goldfische hin; oder ihre Lina wird überfallen und geprügelt.

Dann kann sie auch wieder so tun wie neulich. Die alte Schachtel.

Da ist sie durch das Dorf spazieren gegangen und hat den Rock furchtbar hoch aufgehoben; und alle Augenblick hat sie die Nase zugehalten und hat gesagt:

»Fidong! Fidong! Der Geruch! – Lina komm! Hier riecht's nach armen Leuten!«

Da haben wir gerade auf einer Stange geturnt, und ich habe es den andern gezeigt, wie man in der Stadt turnt.

Da hat sie ganz laut geschrieen: »Fidong! Fidong! – Entsetzlich! – Und nicht einmal Hosen hat sie an!«

Ich bin doch kein Bub nicht!

Der verlorene Sohn

Unsern Hausl hat aus einmal der Schlag getroffen. Und er ist gleich tot geblieben.

Der Hausl ist bei meinen Großeltern im Austrag gewesen und war mein Freund.

Aber der Herr Pfarrer hat ihn nicht mögen. Und er hat ihm eine furchtbar schändliche Leichenrede gehalten.

Da hat das ganze Dorf geschimpft, und die Leut haben gesagt, das ist ein Saustall, wie es der treibt, und wir müssen an das Ministeri schreiben oder an die Nunziatur.

Und sie haben gesagt, daß sie nimmer mögen, und der Schmittbauer hat gesagt, daß er auf Münka fahrt zum Beichten.

Mein Großvater hat es gehört.

Meine Großmutter hat gejammert und hat gesagt, jetz ist bald der Untergang von der Welt da; jetz lauft der Antigrist schon herum, und d' Leut tragen schon grüne Hüt und spitzige Federn drauf, und ehren den Pfarrer nicht mehr.

Aber der Großvater hat gesagt, du verstehst nix, und du wirst es schon noch sehgn, was g'schicht, wenn er so weiter tut, der Pfarrer.

Da hat die Großmutter das Kreuz gemacht und hat gesagt, Gott steh mir bei, jetz fangt der auch schon an!

Aber es ist noch nichts geschehen.

Bloß geschimpft haben sie.

Und keine Eier haben sie nimmer in den Pfarrhof und keinen Butter.

Und er hat furchtbar herunter geschrieen von der Kanzel und hat gesagt, daß er ihnen keine ewige Seligkeit nicht erlangt.

Da haben die Leute gesagt, jetzt kann er uns schon bald ganz gern haben.

Und der Besenbinderhansl hat ihm den Holzschupfen angezündet.

Und einmal hat er ihn in den Bach schmeißen wollen. Aber es ist nicht gegangen, weil der Brunnfärber dabei war.

Unser Meßner.

Der hat immer blaue Hände, und in der Kirche schauen sie aus, wie wenn sie schwarz wären.

Da hat der Hansl gesagt, er ist der Teufel, und er paßt schon zum Pfarrer.

Das hat ihn furchtbar gewurmt.

Aber der Hansl hat gelacht und hat ihm viel angetan.

Und der Pfarrerlies hat er auch was angetan; aber die hat gesagt, das macht nichts, und sie leidet es aus Liebe zu Gott, und daß er halt ein verirrtes Schaf ist.

Und dann hat sie zu meiner Großmutter gesagt beim Kirchgang, daß man beten soll für einen verlorenen Sohn.

Da hat die Großmutter gefragt, ob sich 'leicht einer verlaufen hätt?

»Aber nein,« hat sie gesagt, »es ist eine Seele, eine arme!«

Und dann hat sie gesagt, sie will sich von Gott doch noch die Gnade ausbitten, daß der Besenbinderhansl, der Lump, ein Heiliger, ein Büßer wird.

Und die Großmutter hat ihr versprechen müssen, daß sie alle Tag ein Gegrüßt seist du Maria für ihn betet.

Dann hat sie noch gesagt, daß sie schon lang einmal zu der Großmutter gekommen wäre, aber es gibt immer so viel zu kochen für den hochwürdigen Herrn, und das Obst ist zeitig, und die Zwetschgen müssen eingesotten werden.

Das hat mich furchtbar gefreut.

Und der Riegerpauli von Adling und der Schneidertoni von Balkham haben mir dann geholfen, wie ich sie geholt habe.

Es waren lauter Reinetten, und die Zwetschgen haben schon höchste Zeit gehabt zum Schütteln.

Aber da ist der Brunnfärber daher gekommen und hat gleich ganz laut geschrieen: »Ühr Dühbe! Ühr Dühbe! Heer hochwürdiger Heer! Dühbe sünd üm Gahrden!«

Da haben wir furchtbar sausen müssen.

Aber er hat uns erkannt und hat alles gesagt.

Und wir haben hinter die Tafel stehen müssen, und am Sonntag hat er es wieder von der Kanzel heruntergeschimpft.

Das hat uns gewurmt, und wir haben gesagt: Rache.

Aber ich habe gesagt, ob es auch geht.

Der Schneidertoni hat gesagt, es geht schon.

Am Dienstag ist in Haslach der Rosenkranz. Da ist der Herr Pfarrer hingegangen, und die Kinder müssen auch hin.

Wir sind dann auch hin.

Aber zu der Pfarrerlies ist ein fremder Bub gekommen und hat gesagt, daß der Besenbinderhansl einen Bittgarschön hätt. Der Herr Pfarrer sollt halt einmal vorbeikommen und ihn besuchen, er möcht sein Sach richten.

Da ist die Lies ganz narrisch worden vor lauter Gloria und hat geschrieen. »Du hast mich erhört! Du hast geholfen!«

Nach dem Rosenkranz sind wir neben dem Herrn Pfarrer gegangen und haben gar nichts getan. Auch der Schneidertoni hat nichts getan. Er hat bloß einmal ganz leise gefragt, ob man ihn hätt erkennen können. Aber wir haben gesagt, das ist ausgeschlossen, weil er sonst weißhaarig ist.

Da hat er gesagt, daß er den Ruß bald nicht mehr weggebracht hätt von dem Kopf, und er hat seiner Mutter die ganze Seifen genommen.

Auf der Brücke ist schon die Pfarrerlies dahergekommen und hat ganz laut geschrieen: »Herr Hochwürden! Ein Wunder! – Schnell müssen S' zum Besenbinderhansl! Er will beichten, und Sie sollen glei 's Allerheiligste mitnehmen! Mariand Joseph, wie mi dös gfreit! A ganz a fremder Bua war da und der hat's g'sagt, und Gott hat geholfen, und die arme Seel is gerettet!«

So hat sie fortgeplärrt, und die Leut sind zusammengelaufen, und einer hat's dem andern gesagt: »Der Besenbinderhansl werd verprofitiert!«

Da hat der Brunnfärber geschwind das ewige Licht in die Latern und hat das Glöckerl genommen, und der Herr Pfarrer hat das Chorhemd angezogen und die blaue Stola und hat das Ziborium genommen mit dem seidenen Mäntelchen, das die Schlossersusanna gestickt hat.

Und dann ist es angegangen.

Voraus ist der Meßner und hat geläutet.

Dann ist der Herr Pfarrer gekommen.

Dann sind die Kinder gekommen, und dann die alten Weiber.

Und sie haben laut gebetet und haben gesagt, jetzt ist er auf einmal umgekehrt, und er wird halt sterben.

Und aus den Häusern sind die Leut heraus, und es sind immer mehr mitgegangen, weil es geheißen hat, der Besenbinder ist heilig worden.

Und der Zug ist immer länger geworden und das Beten immer lauter und das Reden immer eifriger.

»Das ist ein Wunder,« hat die Ledererurschi gesagt, und der alte Huberbauer hat gesagt: »Dös hätt i net glaabt.«

Und es ist eine ganze Stunde weit bis ins Moos. Da hat er seine Hütte.

Aber es war zugesperrt.

Und kein Mensch hat aufgemacht.

Da ist der Uhrmacherwastl beim Fenster hinein und hat aufgemacht.

Es war bloß der Riegel vor.

Und der Hansl ist auf dem Boden gelegen und hat geschnarcht.

Und dann sind alle hinein in die Hütte.

Da hat ihn der Wastl gestoßen und hat gesagt, Hansl, der Herr Pfarrer is da mit dem Allerheiligsten.

Und der Herr Pfarrer hat gesagt, gelobt sei Jesus Christus!

Und der Meßner hat geläutet, und die Leute haben sich niedergekniet, und der Herr Pfarrer hat sie gesegnet.

Dann sind alle heraus.

Aber auf einmal ist der Herr Pfarrer auch heraus und hat gezittert, und der Hansl ist hinter ihm drein und hat einen Prügel gehabt und einen großen Rausch und hat furchtbar geflucht und geschrieen, daß er keinen braucht und daß er die ganze Hütten zusammenbrennt.

Da hat sich der Herr Pfarrer noch einmal umgedreht und hat gesagt: »Gehe in dich, arme Seele! Noch ist es Zeit!«

Aber der Hansl hat wieder geflucht und hat gesagt, daß er schon selber weiß, was er zu tun hat.

Und wie der Herr Pfarrer immer wieder gesagt hat: Kehre um, christliche Seele und tue Buße!, da hat der Hansl mittendrinn einen furchtbar gräuslichen Flucherer gemacht und hat seinen Prügel unter die Leut geschmissen und ist hinein und hat wieder zugesperrt.

Da hat der Pfarrer ganz laut geschrieen: »Dann soll dich der Teufl holen, wennst du es nicht anderst haben willst, du Lump!«

Und er ist mitsamt dem Brunnfärber wieder heim, und die Leut haben gesagt: »Da hört sich doch alles auf! Jetzt lauft man den weiten Weg, und es ist nichts!«

Und ich habe dem Schneidertoni das kleine Messer geschenkt, wo er sich schon lange gewunschen hat.

Die Frau Bas

Eigentlich heißt sie ja Nanni. Und sie ist meiner Mutter ihre Schwester. Aber ich sage jetzt immer Frau Bas zu ihr.

Weil ich jetzt schon eine Bildung habe.

Die lernt man in der Stadt; das hat mir schon mein Großvater gesagt, wie er mich das erstemal in die Stadt gebracht hat.

Aber früher war ich gar nicht gebildet. Und zuerst war ich sogar dumm.

Aber jetzt nicht mehr.

Aber damals, wo ich noch ganz dumm war, hab ich einmal bei meiner Frau Bas einen Steinkrug vom Fensterbrettl herunter. Einen solchen, wo man bei den Bauern das Bier auf das Feld hinausbringt.

Und ich habe gedacht, daß es auch ein Bier ist.

Aber es war ein Petroleum.

Das schmeckt furchtbar.

Aber jetzt kenn ich es schon. Weil meine Mutter ein Wirtshaus hat.

Damals hab ich auch einmal den Großvater gefragt, wo die Eier herkommen.

Da hat er gesagt, von den Hennen.

Da hab ich gefragt, ob das weh tut, und er hat gesagt, ja.

Meine Frau Bas hat furchtbar viele Hennen gehabt.

Und alle Tage vielleicht fünfzig Eier.

Da ist immer am Freitag der alte Karrner Michel gekommen, und der hat dann seine große Eierkirm vom Buckel herunter.

Und dann hat ihm die Frau Bas zweihundert Eier hinein und hat immer eine Hand voll Gsott dazwischengelegt.

Dann hat ihr der Michel acht Mark gegeben und ist fort in die Stadt.

Weil sie da so viel brauchen.

Aber mir haben die Hennen furchtbar erbarmt, und ich habe gedacht, daß ich ihnen helfen muß.

Und ich bin in den Hühnerstall gekrochen und habe geschaut, wenn eine kommt.

Dann ist eine gekommen und hat furchtbar laut geschrien; und ich hab sie schnell gepackt, und habe ihr geholfen.

Aber sie hat kein Ei nicht gelegt.

Und die Frau Bas hat gesagt, daß sie hin wird, und daß ich ein dummes Luder bin.

Aber jetzt bin ich nicht mehr so dumm.

Jetzt weiß ich es schon, daß es nicht weh tut.

Meine Großeltern sind bloß Häuselleut. Aber die Frau Bas ist eine Bäuerin. Und sie hat ein großes Haus und einen hohen Misthaufen.

Und eine Bienenzucht.

Und sie hat furchtbar viel Honig und Wachs.

Aber sie verkauft es und hat uns gar nie nichts geschenkt.

Bloß auf Lichtmeß einen Wachsstock; aber das ist nicht viel. Den hat die Großmutter bis Ostern schon verbrannt gehabt.

Weil sie einen ganz finsteren Platz hat in der Kirche. Ganz hinten, bei den armen Leuten.

Und ganz nahe bei der Kirchentür, wo es immer so zieht.

Da hat die Großmutter oft gesagt, daß sie keinen warmen Fuß nicht kriegt, und daß sie den Husten auch nicht mehr anbringt. Und die Nanni soll ihr doch einmal ein Häflein Honig mitbringen.

Aber die Frau Bas hat den Kopf ganz scharf auf die Seite gedreht und hat das Nervenreißen bekommen.

Das kriegt sie immer, wenn man was verlangt von ihr.

Und dann hat sie gesagt, es ist schon recht.

Aber sie hat nie keinen gebracht, und die Großmutter hat oft die ganze Nacht gehustet.

Das hat mich furchtbar geärgert, und ich habe gedacht, daß das eine Gemeinheit ist, den Leuten die Zähne lang machen und das Maul wässerig.

Meine Großmutter hat auch immer gleich alles hergegeben, wenn die Frau Bas was gebraucht hat.

Und von meinem Rosmarinstock hat sie ihr auch gleich den allergrößten Fexer abgeschnitten.

Aber das macht nichts.

Jetzt hat sie doch was hergeben müssen.

Aber sie weiß es nicht, weil sie nicht da war.

Bloß der Hüterbub war da; aber der denkt nicht, daß es ihr nicht recht ist, wenn ich es tue.

Sie hat furchtbar viel Sachen in der Künikammer; und auf dem Tisch ist die große Schüssel mit den Waben.

Und sie läßt keinen Menschen nicht hinein.

Aber sie hat nicht zugesperrt, und sie hat gerade gemolken.

Im Rock habe ich eine Tasche und im Unterrock hab ich auch eine.

Die hab ich ganz voll gemacht.

Und ich habe es der Großmutter gesagt, daß ich den Honig bringe und das Wachs, wo die Nanni schon so oft versprochen hat.

Aber ich habe es kaum mehr herausgebracht.

Und es ist alles mit herausgegangen: dem Großvater sein silberner Giletknopf, meine Glasperlen, die blaue Wolle und der Fingerhut, wo die Großmutter schon so lange gesucht hat.

Aber sie hat geschimpft und hat gesagt, daß sie ihr einen Krach macht, weil sie ihrer alten Mutter einen ungeschleuderten Honig schickt.

Da hab ich gedacht, auweh zwick!

Die Frau Bas hat gesagt, daß ich eine Malefizkarbatschen bin, und sie hat mir ein paar hineingehaut wegen dem Honig.

Aber das macht nichts.

Sie hat es nicht umsonst getan.

Ich weiß schon was.

Das ist ihr Obstgarten.

Der ist so groß, wie der Hofgarten in München.

Ganz so groß nicht, aber schon fast.

Vielleicht halb so groß.

Aber er ist furchtbar groß.

Und sie haben Frauenbirnen und Blutbirnen, und Spitzäpfel und Edelrot. Und Zwiefiäpfel und Katzenköpf.

Davon macht man die Apfelküchlein.

Und elf Zwetschgenbäume, und einen Backofen zum Dörren. Und ein Loch ist in der Tür, und man kann ganz leicht hineinkriechen.

Und sie dörrt seit gestern.

* * *

Der Herr Benefiziat hat gesagt, daß es sehr schön wäre, wenn auf Weihnachten eine Feier gehalten würde.

Dann haben sie ein Theater aufgeführt, und man heißt es lebende Bilder.

Da haben sie alles nachgemacht: wie das Christkind im Stall liegt auf dem Stroh; und die Maria war furchtbar fromm.

Die Huberwirtsmarie hat sie gemacht.

Und der Isidor hat den Josef gemacht, und er hat immer gelacht, weil der Bachmaurerlenz so gewackelt hat beim Knien. Das war ein Hirt.

Und der Benedikt vom Lehrer war auch ein Hirt, und der hat ein totes Lamm hinhalten müssen.

Und die Wagnerlies hat einen Prolog gesagt, und war ein Engel.

Vom Schloß haben sie einen Esel geholt und eine Kalbin.

Aber sie haben sie furchtbar festhalten müssen, und man hat bloß den Kopf gesehen. Und sie haben ein rotes Licht angezündet, das wo so stinkt; dann war alles rot.

Und es war furchtbar schön.

Bloß das Christkindl war nicht echt; die Lebzelterin hat es ihnen geliehen.

Meine Frau Bas hat auch eins, ein wächsernes. Das steht in der Künikammer auf dem Kommodkasten.

In einem Glassturz.

Aber man kann es ganz leicht heraustun. Und es hat keine Arme, weil es ein Wickelkind ist.

Die Frau Bas hat es von der alten Maurerin zu ihrer Hochzeit gekriegt, und sie hat gesagt, es ist wunderbar.

Das haben wir hergenommen.

Ich war die Maria und ich habe der Großmutter ihren rotseidenen Schurz angehabt.

Und der Schlosserflorian hat den Josef gemacht und hat dem Großvater seinen blauen Umhang angezogen.

Und wir haben das Christkindl im Stall in den Futterbarren gelegt und haben uns hingekniet.

Die Wagnergretl hat sich in eine weiße Bettdecke eingewickelt und den Flederwisch in die Hand genommen und hat gesagt: »Friede sei mit eich! Ich komm zu eich hereingedreden, hab wohl nicht um Verlaub gebeden; ich glaub, ich bin eich wohlbekannt, vom hohen Himmel bin ich gesandt!«

Dabei hat sie mit dem Flederwisch herumgefuchtelt und ist ganz nahe an den Barren hin.

Aber da hat auf einmal der Ochs, der Blaßl, das Christkindl bei seinem goldenen Filigrankleidl erwischt und hat es ein paarmal fest herumgeschüttelt.

Dann hat es gekracht, und der Kopf war auseinander.

Da hab ich dem Engel seinen Flederwisch gepackt und bin auf den Blaßl los.

Aber es war doch schon hin.

* * *

Der Großvater hat den Kopf vom Christkindl wieder zusammengeleimt.

Aber die Frau Bas hat doch furchtbar geschimpft und hat gesagt, daß ich ein gottloser Lausfratz bin, und daß es jetzt nicht mehr wunderbar ist.

Und wie der Großvater nicht mehr in der Stube war, hat sie mich bei den Haaren geschüppelt.

Aber es hat nicht weh getan.

Und ich weiß schon wieder was, wenn sie mich noch einmal schüppelt; die Ropferzenzl hat es mir gesagt.

Sie hat der Wiesmüllerin eine Rübenbrüh in die Milch geschüttet, und da hat die Wiesmüllerin geschrien: »Unser liabe Zeit! D' Milli is blutig! Da hat mir a Hex was angetan!«

Und dann hätt sie die Milch weggeschüttet, aber die Zenzl hat gesagt, sie möcht's; und dann hat ihr die Wiesmüllerin die ganzen sechs Weidling voll geschenkt.

Da wird sie furchtbar jammern, die Frau Bas, wenn ich das tu.

Aber das macht nichts; es geschieht ihr grad recht.

* * *

Gestern hat mich die Frau Bas aus dem Haus gejagt.

Und sie hat gesagt, wer mich haben muß, der braucht nicht mehr sagen: Gott straf mich.

Aber das ist mir gleich.

Mir wäre es lieber, wenn ich sie wieder hätte.

Aber sie sind alle fort.

Wir haben dreiundzwanzig kleine Krebse gefangt, und in den Obstgarten von der Frau Bas.

Da haben wir vier Löcher gemacht, und dann haben wir die vier Nachthäfen, wo am Gartenzaun gehängt sind, hineingestellt.

Und der Schusterwastl hat das Wasser und das Moos hinein, und ich habe die Krebse aus den Tüchern heraus und hinein.

Dann haben wir das Fliegengitter vom Speisfenster weg und dar-übergedeckt.

Und der Wastl hat gesagt, daß man sie verkaufen kann im Schloß, und man kriegt für einen zehn Pfennig.

Aber sie sind nicht mehr da gewesen in der Früh, und den Herrn Vetter hat einer furchtbar in die Zehen gezwickt.

Wie er barfuß gemäht hat.

Und sie haben keinen Nachthafen nicht gefunden bei der Nacht, und die Frau Bas hat gesagt, jetzt hab i bald g'nug an dem Laus-dirndl!

Von mir aus!

Das Femgericht

Jetzt ist es aus und vorbei.

Am Sonntag muß ich wieder nach München.

Meine Freunde haben gesagt, daß es schad ist, wenn ich wieder in die Stadt komme, weil es dann gar nichts mehr gibt.

Und sie tun alles, was ich sage; und damals, im Winter, wo wir vom Schloßberg heruntergerodelt sind, haben sie gesagt: »Handschusterleni! Fahr du voraus!«

Dann bin ich vorausgefahren, über den Berg hinunter und hinein in den zugefrorenen Moorbach.

Und sie sind alle nachgesaust.

Aber auf einmal hat es gekracht, und drei sind im Wasser gelegen; und sie sind ganz voll Schlamm gewesen, und der Ropfergirgl hätte bald ersaufen müssen; aber wir haben ihn schon noch herausgezogen.

Und dann hätten sie mich verprügeln wollen; aber ich bin nicht so dumm und bleibe stehn.

Am andern Tag haben sie es schon lang wieder vergessen gehabt, und wir haben alle miteinander eine Schneeballenschlacht gemacht, und haben dabei der Gschwandlerin das Abtrittfenster eingeworfen.

Die weiß es heut noch nicht, wer es getan hat, und wir sagen nichts.

Sonst gibt es was.

Wir haben so noch genug von den Prügeln, wo uns der Lehrer gegeben hat, weil wir den Ropfergirgl aufgehängt haben.

Da hat uns der Lehrergustl eine Geschichte vorgelesen aus einem dicken Buch, das hat sein Vater auf dem Gymnasium schon gehabt, und da hat es geheißen, daß die Bauern selber ein Gericht gemacht haben und haben die Leut aufgehängt, und das hat man das Femgericht geheißen.

Das war furchtbar schön, wie er das gelesen hat, was für Sprüche daß die dabei gemacht haben.

Und ich habe gedacht, daß das ein feines Spiel wäre, und habe es ihnen gesagt.

Da haben sie hurra geschrien und haben gesagt, in der Eichenallee, weil das heilige Bäume sind.

Dann ist es angegangen.

Hinter der Planke vom Huberwirt haben sich alle versammelt; und es war ein ganzer Haufen.

Der Gschwandlerfranzl hat die große Heiligenlegende mitgeschleppt, und ich einen langen Strick.

Und wir haben unsere Sacktücheln an die Geißelstecken gebunden, und Hafendeckel und Gießkannen mitgenommen zum Trommeln und Blasen.

Der Neuwirtshubertl hat dem Radfahrerverein Wandervogel sein Trinkhorn von der Wand herunter, weil es heißt, die alten Deutschen die stießen ins Horn.

Dann sind wir in die Eichenallee hinausgezogen und haben dazu gesungen: Bei Sedan auf den Höhen, da stand nach blut'ger Schlacht in später Abendstunde ein Bayer auf der Wacht.

Und wie wir droben waren, hat der Gschwandlerfranzl seine Legend auf einen Baumstumpf gelegt und hat sie aufgemacht.

Dann hat er alle aufgerufen, die wo die Richter machen sollen.

Und dann haben sie gefragt, wer der Verbrecher ist.

Da haben gleich alle geschrien, ich, und es hätte bald eine Rauferei gegeben, weil sie den Ropfergirgl genommen haben.

Da habe ich geschrien, daß ich der Henker bin, und daß einer mit mir auf den Baum hinaufsteigen soll und den Strick anbinden.

Der Hubertl hat gleich das Trinkhorn umgehängt und ist auf den Baum; aber da hat es auf einmal einen Plumpserer getan, und er ist dagelegen.

Und das Horn war ganz verbuckelt an dem silbernen Rand.

Aber er hat gesagt, das macht nichts, weil sein Vater heut in Holzkirchen ist beim Viehmarkt, und seine Mutter schaut nicht.

Jetzt ist der Birmelinkarl hinauf und hat den Strick um einen dicken Ast gelegt; dann ist auf der einen Seite die Schlinge heruntergehängt und auf der andern das Ende.

Dann sind alle in einem großen Kreis hingestanden und haben gesungen: Mir san die tapfern Bayern, sagt jeder, der uns kennt.

Der Ropfergirgl hat sich derweil versteckt, und dann haben sie ihn gebracht.

Der Schusterwastl hat ihn mit einem Strick angehängt und hat ihn vor die Richter gestoßen, und alle haben getrommelt.

Aber der Girgl hat gesagt, er soll ihn nicht so umeinanderstoßen, sonst wischt er ihm eine, und er mag nimmer, weil die so grob sind.

Da hat der Gschwandlerfranzl in die Hände gepatscht und hat gesagt: »Ruhe!«

Dann hat er in der Legende furchtbar umeinandergeblättert und hat gesagt: »Soo! Jetzt haben wir ihn, den Verbrecher. Jetzt wird er vor die Gottesrichter hergestellt.«

Und er hat den Girgl gefragt, ob er weiß, warum er da ist, und daß er ein Räuber ist und ein bayrischer Hiasl?

Da hat er gesagt, nein.

Aber der Richter hat gesagt, du Aff, du sollst doch ja sagen.

Dann hat er ja gesagt.

Jetzt hat der Richter, der Franzl, gesagt: »Geliebte Gesellen, was muß man mit diesem Räuber tun?«

Da haben alle gebrüllt: »Aufhängen!«

Und sie haben furchtbar getrommelt und geblasen.

Da hat der Richter gesagt: »Bringts ein hölzernes Kreuz, und einer muß der Priester sein.«

Der Schlosserflorian ist ein Ministrant und kann lateinisch; der war der Priester und hat eine große Epistel gesungen, wie der Pfarrer bei der Vesper.

Dann haben sie ein Kreuz aus Asten gebunden und haben es vorangetragen.

Auf einmal ist der Ropfergirgl ganz blaß geworden und hat zum Schusterwastl gesagt: »Jetz mag i nimmer! Dös is koa g'scheits Gspui!«

Der Feigling!

Da ist der Hubertl hin und hat geschrien. »Schaam di, du feiger Tropf! Geh weg, laß mi hin, i trau mi glei!«

Und er hat ihm einen Renner gegeben und hat sich die Schlinge gleich selber umtun wollen.

Aber da hat sich der Girgl doch geschämt und hat gesagt: »Wer sagt denn dös, daß i mi net trau! Schaug, daß d' weiterkimmst, i bin der bayrische Hias!«

Da ist der Hubertl weg, und wir haben dem Girgl den Strick um den Leib.

Wir hätten ihn schon um den Hals getan, aber, da kann man nicht mehr schnaufen, hat er gesagt.

Dann haben wir alle am andern Ende gezogen und haben ihn hinauf; und danach haben wir den Strick viermal an ein junges Eichbäumlein angeknüpft.

Derweil hat der Florian gesungen, wie am Gottsacker.

Das war furchtbar schön.

Auf einmal schreit der Gschwandlerfranzl: »Herrgott! Der Herr Pfarrer kimmt übern Berg runter!«

Und er hat seine Heiligenlegende gepackt und ist davon.

Da haben sie alle Angst gekriegt und sind auch davon, und der Girgl hat gejammert: »Tuts mi runter!«

Aber ich habe zum Wastl gesagt und zum Florian, daß es gescheiter ist, wenn wir verschwinden; denn wenn er uns erwischt, dann ist es gefehlt.

Da haben wir den Girgl hängen lassen und sind davon.

Der Girgl hat zu schreien angefangen und hat uns nachgerufen: »I sag's mein Vater, i sag's 'n Pfarrer!«

Aber wir haben nicht mehr gehört.

Wir sind alle heim und dann bin ich an das Haus vom Ropfer.

Da waren schon mehrere und haben gesagt, daß sie auf ihn warten.

Ich habe gesagt, man soll einmal hinaufschauen, ob er noch hängt; aber da ist er schon dahergekommen und hat seinen Bauch gehalten, und hat geheult.

Und er hat gesagt, daß der Herr Pfarrer gar nicht bei ihm vorbei ist, und daß ihn gerade der Sägmüller abgeschnitten hat, und daß er ganz hin ist, und er verklagt uns alle, was wir für Mörder sind.

Aber wir haben ihm alles versprochen, wenn er nichts sagt, und jeder hat ihm was geschenkt.

Aber der Sägmüller ist gleich zum Pfarrer gelaufen, und am andern Tag haben wir alle furchtbare Prügel gekriegt.

Aber das macht nichts.

Die andern haben es auch gekriegt, weil wir nichts gesagt haben, wer alles dabei war, und da hat es die ganze Schule gekriegt.

Und der Brunnfärberkaspar, mein Todfeind, auch.

Das gute Geschäft

Wie mein Vater noch die Metzgerei gehabt hat, da habe ich alle Tage in der Früh das Fleisch austragen müssen.

Da bin ich zu allen möglichen Leuten gekommen: Zu einem Bankdirektor, wo sie mir immer ein Zuckerbrot oder einen Apfel geschenkt haben; zu einem alten Schuhmacher, der wo keine Frau nicht mehr hat und sechs Kinder; bei dem habe ich oft schnell der kleinen Lieserl die Milchflasche hinhalten müssen, bis er beim Gärtner oder beim Bäcker was geholt hat. Dafür hab ich dann ein Fünferl gekriegt, und er hat mir einmal den Stiefelabsatz umsonst wieder angenagelt, wie ich im Pferdebahngeleise hängen geblieben bin.

Dann bin ich auch oft zu einem alten Hofrat gekommen; der hat über hundert Kanarienvögel, ganz feine, wo man Roller sagt.

Der mag mich furchtbar, und er hat gesagt, daß er mir einmal, wenn ich groß bin, ein Geld schenkt zum Heiraten.

Wenn ich zum Herrn Hofrat gegangen bin, habe ich immer am Viktualienmarkt vorbei müssen und einen Salat oder ein paar Äpfel für seine Vögel kaufen.

Die alte Frau, wo ich die Äpfel gekauft habe, ist ganz bucklig und sehr brav.

Und sie hat gesagt, daß ich ihr alle Tage ein halbes Pfund Fleisch bringen darf, und sie kocht es gleich in ihrem Stand auf dem Kohlenbecken, wo sie sich die Hände wärmt, wenn es kalt ist.

Jetzt habe ich ihr schon ein Jahr lang das Fleisch gebracht, und sie hat gesagt, daß sie froh wäre, wenn sie mich hätte.

Und dann hat sie gesagt, daß sie eine Verhandlung hat, und daß sie gar niemand hat für den Stand. Und sie kann ihn doch nicht zusperren, weil sich sonst die Kundschaften verlaufen.

Ich habe gesagt, wenn halt ich dableiben könnte! Ich täte es schon.

Das hat sie furchtbar gefreut, und sie hat gesagt, daß sie mir ein Fufzgerl gibt, wenn ich komme.

Aber ich habe gesagt, ich muß doch in die Schule, und die Mutter erlaubt es auch ganz gewiß nicht.

Da hat sie gesagt, ich brauche es meiner Mutter doch gar nicht zu sagen, und in der Schule finde ich gewiß eine Ausrede.

Und dann hat sie gleich zu ihrer Nachbarin hinübergerufen, daß sie jetzt schon jemanden hat für den Stand, wenn sie am Samstag auf das Gericht geht.

Aber die andere hat bloß spöttisch gelacht und hat gesagt: »Mir gangst mit so einem Lausdirndl! Da tät i mir schon um wem richtigen schaugn!«

Diese gemeine Person!

Als ob sie alleinig was wär!

Aber die alte Frau hat gesagt, es bleibt dabei, und sie weiß schon selber, was sie tut.

Und ich habe gesagt, ich komme ganz bestimmt.

Am Freitag nachmittag habe ich zum Fräulein gesagt, daß wir daheim ein kleines Brüderl gekriegt haben, und ob ich morgen daheim bleiben darf?

»Wird es getauft?« hat das Fräulein gefragt.

Da habe ich gesagt: »Ja.«

Aber das ist nicht gelogen. Bloß der Tag; erst am Sonntag ist Taufe.

Aber das macht nichts.

Sie weiß es ja nicht.

Und dann hat sie gesagt: »Ja, du kannst wegbleiben.«

Wie ich dann am Samstag das Fleisch fort habe, bin ich schnell hingelaufen und habe es ihr gesagt, daß ich komme.

»Das ist fein!« hat sie gesagt, und ich habe mich furchtbar gefreut.

Dann bin ich hin.

Sie hat mir noch um drei Mark ein kleines Geld in das hölzerne Schüsselchen, und dann hat sie an jeden Korb einen Zettel gesteckt, was alles kostet.

Die Birnen haben zwanzig gekostet und die Äpfel fünfzehn, zwanzig und vierundzwanzig.

Und die Trauben dreißig.

Und sie hat gesagt, daß ich auch was essen darf und daß ich gut wiegen soll.

Dann hat sie einen grünsamtenen Kapothut unter einer Kiste herausgezogen und einen Krimmerkragen umgehängt.

Und dann ist sie fort und hat mir zugerufen.

»Also! A recht a guats G'schäft!«

Ich habe mir gedacht, da kommen gewiß recht viele Leute zum Einkaufen.

Aber ich bin schon eine ganze Stunde dortgestanden, und noch kein Mensch ist gekommen.

Bloß hingeschaut hat manchmal eine.

»Die haben höchstens kein Geld nicht dabei,« habe ich mir gedacht.

Da ist eine feine Dame mit ihrer Köchin gekommen und hat gefragt: »Was kosten diese Äpfel?«

Da habe ich gesagt, zwanzig, und diese hier vierundzwanzig.

»Hm,« hat sie gesagt, »das ist mir doch zu teuer.«

Und dann hat sie sich umgedreht und hat zu der Nachbarin ihrem Stand hinübergeschielt.

Da habe ich gedacht, das darf nicht sein, daß diese unverschämte Person ein Geschäft macht und mich auslacht.

Und ich habe schnell gesagt: »Gnä Frau sind gewiß immer Kundschaft hier; die Frau hat gesagt, für Kundschaften, wo immer kommen, kosten diese bloß ein Zehnerl, wenn man gleich zehn Pfund kauft!«

»Ah!« hat sie da gesagt und hat mich furchtbar dumm angeschaut; »eigentlich kaufe ich ja . . .«

Da hat sie aufgehört zum reden und hat die Köchin angeschaut.

Die Köchin hat gesagt: »Das ist sehr billig Frau Dokter!«

Und sie hat den Korb aufgemacht.

Da hat sie gesagt: »Nun, also; zehn Pfund!«

Ich habe mich furchtbar gefreut und habe der Nachbarin in Gedanken die Zunge ausgebleckt.

Dann habe ich die Apfel eingewogen.

Immer zwei Pfund.

Dann hat sie gezahlt und ist gegangen.

Da habe ich mir gedacht, wie sich die da drüben wohl ärgern möchte, wenn ich jetzt alles verkaufen würde und sie nichts.

Und ich habe die Zettel alle weg und habe ganz laut geschrien: »Einkauft, meine Leut! 's ganze Pfund nur a Zehnerl! Alles nur ein Zehnerl!«

Die Weiber von den andern Ständen sind voller Schrecken in die Höhe gefahren, und die Nachbarin, diese rothaarige Person, hat gleich geplärrt: »Jess' Maria! Dö is narrisch wordn! Holt's d' Polizei!«

Aber ich habe hinübergeschrien, das geht sie gar nichts an, und ich habe die Erlaubnis!

Und dann habe ich wieder furchtbar laut gerufen: »Einkauft! Alles nur ein Zehnerl!«

Da sind die Leute hergegangen und haben geschaut, was es ist.

Und sie haben gesagt, das ist aber billig, und haben sich ein Pfund oder zwei gekauft.

Ich habe mir gar nicht mehr zu helfen gewußt, so viele Menschen sind um mich herumgestanden.

Immer besser ist das Geschäft gegangen, und um elf Uhr habe ich nichts mehr gehabt, wie die leeren Körbe und die Schüssel voll Zehnerln.

Die Nachbarin ist fast geplatzt vor lauter Wut, und ich habe gemeint, sie verprügelt mich.

Da ist die alte Frau wiedergekommen.

Wie die den leeren Stand gesehen hat, ist ihr gleich der Ridikül aus der Hand gefallen.

Und sie hat entsetzt gefragt: »Ja, wo is denn mei' Sach?«

Ich habe gelacht und habe gesagt: »Verkauft! Alles ist ausverkauft!«

Und dann habe ich ihr die Geldschüssel hin.

Aber da ist die Nachbarin wie eine Furie auf sie losgefahren.

Und sie hat geschrien, daß ihr gleich die Stimme übergeschnappt ist: »So eine Unverschämtheit! O'zoagn tua i enk! Ihr Bagasch! D' War' a so verschleudern und uns arme Weiber z' Grund richtn! So a Gemeinheit! An Inschpekter werd's gmeldt, was's ös für oa seids!«

Die arme Alte hat sich gar nicht mehr ausgekannt, so hat die Nachbarin geschimpft.

Und wie dann die andern Weiber auch noch angefangen haben zu schreien, da hat sie gesagt: »Jatz woaß i wirkli nimmer, bin *ich* narrisch, oder san's dö! Was is denn eigentli gwesn?«

Da hab ich gesagt: »Ah! Neidig san s' mir alle z'wegen dem guten Gschäft, wo i gmacht hab!«

Und dann habe ich ihr es gesagt, daß ich für alles bloß ein Zehnerl verlangt habe, damit er der da drüben recht hockt.

Da hat sie einen Schrei ausgestoßen, und ich habe gemeint, daß sie stirbt.

Aber sie hat auf einmal den Ridikül gepackt und hat ihn mir um die Ohren gehaut.

Und sie hat gesagt, daß ich ein freches Lausdirndl bin, und daß sie jetzt einen furchtbaren Schaden hat. Und sie hat doch die ganze Schüssel voll Geld gehabt! Bei der verkauf ich gleich wieder!

Die ganze Sippschaft

Mein Vater das ist mein Stiefvater.

Der hat auch einen Vater.

Zu dem muß ich auch Großvater sagen. Aber ich mag ihn gar nicht.

Das ist ein Bauer mit einem furchtbar langen Schnurrbart und einem Spitzbart; und er schaut aus wie ein Raubritter.

Der ist jetzt bei uns auf Besuch, weil er ein Geld braucht.

Aber meine Mutter sagt, daß sie ihm keins gibt, und sie hat es auch dem Vater verboten, er darf ihm keins geben.

Und sie hat gesagt, daß er selber schuld ist.

Er soll sich von seinen andern Kindern helfen lassen, hat sie gesagt, er hat noch genug; und er hätte ganz einfach nicht das ganze Geld verputzen sollen und so oft heiraten.

Und es ist unerhört, hat sie gesagt, zwölfmal heiraten und so viel Kinder haben, daß man sie selber nicht mehr kennt; und der heiratet schon noch ein paarmal!

Und dann hat sie gesagt zum Vater, daß es eine Schande ist, daß die andern Kinder nichts tun, wo sie alle schon verdienen bis auf sechs.

Da hab ich gesagt: »Vater, wieviel Brüder und wieviel Schwestern hast denn du noch?«

Da hat er gesagt, er weiß es nicht genau; aber er glaubt, daß es siebzehn Brüder sind und auch soviel Schwestern.

Ich habe furchtbar gelacht und hab gemeint, daß er Spaß macht.

Und wie der Großvater mit uns zu Mittag gegessen hat, hab ich ihn gefragt, ob das wahr ist, und dann hat er gesagt, ja. Und es sind achtzehn Brüder und neun Schwestern; und fünf Brüder und sieben Schwestern sind schon tot; und elf Frauen hat er schon gehabt, und die sind auch tot, und jetzt hat er die zwölfte.

Da hab ich mich gefürchtet, weil in meinem Märchenbuch auch ein solchener steht; er heißt Blaubart.

Und ich habe mir gedacht, daß es ganz recht ist, wenn sie ihm kein Geld nicht geben, weil die Mutter gesagt hat, daß sein Vater ein Millionenbauer war, und daß alles hin ist.

Und die Mutter hat gesagt, sie hat sich auch nicht im Schampanier baden dürfen und jede Nacht tausend Markl verspielen; und sie haben furchtbar gestritten.

Aber er hat gesagt, daß er ganz einfach nocheinmal heiratet, wenn diese tot ist, und dann nimmt er eine Reiche.

Und er pfeift auf uns.

* * *

Hurra! Jetzt ist sie ausgerutscht!

Die Tante Babett.

Eine Tochter von dem Blaubart.

Jetzt hat sie's, die Betschwester, die scheinheilige!

Der Baderhiasl hat die Verlobung aufgelöst!

Und er hat gesagt, er mag keine solchene, wo den ganzen Tag bei die Pfarrer steckt.

Und der Doktor Bandstein mag sie auch nicht, weil sie so viel falsche Zähne hat.

Und er hat mir eine Mark geschenkt, weil ich es ihm gesagt habe, daß sie jeden Tag ihre Zähne und ihre Haare auf das Nachtkastl legt, und daß sie mich immer so sekiert, weil ich nicht so heilig bin, wie sie.

Und sie ist überhaupts gar nicht nett mit den Kindern, und er hat drei, weil er ein Wittiber ist.

Jetzt hat sie gesagt, sie wird eine barmherzige Schwester.

Das ist gescheit; dann ist sie weiter.

Dann kann sie mich wenigstens nicht mehr so herumjagen mit ihren Briefen und dem Glump, einmal zum Pfarrer und einmal zum Kooprator!

Und zum Baderhiasl brauch ich auch nicht mehr, daß ich sage, er muß kommen, die Tant hat so Herzweh, oder die Tant hat was furchtbar Wichtiges mit ihm zu reden.

Das ist gut, daß er sie nicht mehr mag. Da kommt sie wenigstens nicht mehr jeden Tag schon um halb fünf Uhr in der Früh zu ihm und weckt ihn auf.

Jeden Morgen ist sie schon um vier Uhr aufgestanden; dann ist sie zum Hiasl ans Fenster, weil der im Parterr wohnt.

Danach ist sie in die Fünfuhrmesse und zur Kommunion, und dann in den Pfarrhof.

Und um halb neun Uhr ist sie erst heimgekommen zu den Kindern.

Dann hat sie mich sekiert, weil ich keine Frömmigkeit nicht habe.

Sie hat ja früher auch keine gehabt!

Ich weiß es schon noch, wie ihr die Mutter früher immer einen Krach gemacht hat, weil sie abends beim Bierholen immer so lang poussiert hat.

Mit dem Vizefeldwebel und dem Schenkkellner, und dann mit dem dicken Gendarmeriewachtmeister.

Und sie ist oft gleich drei Stunden fortgeblieben.

Dann ist auch einmal ein alter Doktor gekommen, ein Tierarzt, der hat in der Zeitung eine Frau gesucht und für seine Kinder eine Mutter.

Dem hat sie gleich geschrieben.

Aber der war bloß einmal da.

Weil er nicht katholisch war.

Dann hat sie in die Zeitung geschrieben, daß sie eine Stelle sucht bei einem geistlichen Herrn.

Da hat sie dann einen gefunden, der wo sie angenommen hat.

Dann ist sie fort.

Gott sei Dank!

Aber sie ist auf einmal wieder gekommen und hat gesagt, daß sie dableiben möchte.

Da hat sie die Mutter wieder genommen.

Das war fad.

Aber es macht nichts.

Ich weiß schon allerhand.

Und ein Juckpulver war auch schon in ihrem Bett. Gestern vor acht Tagen.

Da hat sie anders gejammert!

Und sie hat am andern Tag gleich dreimal gebadet.

Das tut sie sonst nie.

Bloß manchmal.

Weil es nicht heilig ist.

Und sie hat gemeint, daß sie ein Leiden hat, und hat furchtbar gebetet, daß sie wieder gesund wird.

Die verrückte Person!

Aber das ist fad, daß die Mutter jetzt auch so heilig wird.

Sie ist schon furchtbar beterisch.

Von mir aus!

Ich nicht.

* * *

Das ist schon furchtbar.

Jetzt ist schon wieder eine gekommen.

Eine Tante.

Die Zenzi.

Das ist auch eine Schwester vom Vater.

Die dreizehnte.

Die ist schon sechzehn Jahr alt und noch furchtbar gescheert.

Und sie ist jetzt schon die siebente, wo meine Mutter ins Haus nimmt.

Zuerst die Babett, dann die Liesi, dann die Kathi, dann die Hanni, und dann die Marie und die Fanny.

Und jetzt die Zenzi.

Die war immer im Kuhstall oder bei den Säuen.

Und sie trägt einen rotkarrierten, dicken Kittel als Unterrock und ein rupfernes Hemd mit langen Ärmeln.

Das nennt sie den Pfoad.

Und sie kann nicht einmal das Vaterunser und hat Läuse.

Und ich muß sie ihr heruntersuchen und beten lernen.

Die war zuletzt beim Mader in Prinzing.

Das ist ein furchtbar reicher Bauer.

Und sie muß jetzt die Hausmagd machen bei uns und die Gaststube alle Tage in der Früh putzen.

Da ist sie immer furchtbar fidel und singt.

Aber sie kann es nicht, weil sie keine Stimme hat.

Aber das macht nichts; es geht doch.

Und sie kann allerhand, Lustiges und Trauriges.

Wenn sie ganz lustig ist, dann singt sie:

> Hurachtn dachtn! Horachtn dachtn!
> Mir tean a Sau schlachtn!
> Huraxn daxn, horaxn daxn!
> Da gibts Blunzn und a Haxn!

Oder sie singt Gstanzln:

Da drobn auf'n Berg steht a Hoiahutschn,
Da laßt der Pfarra sei Köchin hutschn.
D' Köchin hoaßt Everl,
Hat'n Bauch wia r a Käferl,
Hat Flecklschuach o,
Wia r a böhmischer Hah'!

Da drobn auf'n Berg steht a neuerbauts Haus,
Da schaugn die drei Jungfraun zum Fenster heraus.
Die erscht is die Kropfat,
Die zwoat is die Schopfat,
Die dritt hat koa Zähnt,
Is net wert, daß ma s' nennt.
Die erscht g'hört an Schlosser,
Die zwoat g'hört an Schmied,
Die dritt g'hört an Schleifer,
Muaß schleifa damit.

Oder sie singt mich aus:

Da drobn auf'n Berg steht a weiße Kapelln,
Und da laßt si d' Fräuln Leni ihra Houhzat vermähln.

Dann hat sie mich gefragt, ob ich auch schon einen Schatz habe.
Und sie hat mir erzählt, daß sie beim Mader in Prinzing schon drei
gehabt hat, und daß sie jetzt den Bedienten von unserm Stabsarzt
gern sieht.

Aber der hat gesagt, er mag keine solchene Gescheerte, und er hat
schon sein Mädel.

Er ist überhaupts ein feiner Mensch, und sein Mädel ist eine
Hausbesitzerstochter mit einer Bäckerei.

Und er hat ganz recht.

Und jetzt werden ihr auch noch die Haare abgeschnitten, weil
man sonst nicht mehr fertig wird mit dem Absuchen.

Da wird sie furchtbar tun.

Aber das macht nichts.

Mir hat man sie auch abgeschnitten damals.

Gestern war ich in der Leich. Meinem Onkel Valentin, dem Konditor, ist seine Frau gestorben. Die Tante Zilli.

Da war es furchtbar traurig.

Und alle meine Onkeln und Tanten waren da.

Und die Tante Babett hat die Grabrede aufgeschrieben, und sie laßt es drucken und dichtet noch einen traurigen Vers dazu.

Die kann furchtbar traurig dichten.

Wie damals der Herr Vetter, der selige Benefiziat in Vilsbiburg, gestorben ist, hat sie auch einen Vers gedichtet.

Aber ich weiß es nicht mehr, wie er heißt.

Und der Onkel hat gesagt, jetzt gfreut ihn das Schönste nicht mehr und er möcht haben, daß er bald nachifahrt in d' Gruben zu seiner armen Zilli.

Und er hat so viel geweint, und er erbarmt mir furchtbar.

Er ist brav.

Und er hat mich schon oft in seine Konditorei, die wo im Keller ist, hinuntergeführt; und dann hab ich immer viel Schoklat und Guteln gekriegt.

Und ich hab es in der Schule den andern auch gesagt, daß ich einen solchenen Onkel hab, wo eine ganze Schoklatfabrik hat, und man kann essen wie in den Märchenbüchern.

Das hat sie gewurmt, und sie waren mir immer furchtbar neidig, und einmal haben sie gesagt, sie gehen mit.

Dann sind sie alle an das Kellerfenster hin und haben gewartet und gerufen, bis ich ihnen einen Haufen hinaufgeschmissen habe.

Aber es war kein Schoklat.

Bloß ein Torf, wo eingetaucht war in den Schoklat.

Da haben sie furchtbar geschimpft und in den Keller heruntergespuckt und gesagt, ich soll nur heraufgehn.

Aber ich bin schon nicht hinauf.

Weil ich nicht so dumm bin.

* * *

Didel didel dum.

Heut ist Hochzeit.

Dreifache.

Heut gehts zu.

Weil die Tante Babett und die Tante Zenzi und der Onkel Valentin heut heiraten.

Und eine furchtbare Feierlichkeit ist, und sie sind ganz verweint und tun so zuckersüß, als wenn sie überhaupts niemals ein böses Wort sagen könnten.

Ich weiß es aber schon.

Sie tun bloß so. Besonders die Babett.

Die weiß schon, warum.

Sonst kommt ihr der auch wieder aus.

Ich bin furchtbar froh, wenn sie jetzt fort sind, und ich hab vor lauter Freude ein liebliches Tantengedicht gelernt.

Das sag ich ihnen heut.

Aber ich muß aufpassen, daß mir nicht das Lachen dabei auskommt.

Es ist aus einer Sammlung »Neueste Hochzeitsgedichte und beste Glückwünsche« und heißt:

> Immer freundlich zu den Kindern,
> Stets sie wartend, sanft und mild,
> Also seit der Kindheit Tagen,
> Steht vor mir der Tante Bild.
>
> All des Kindes kleine Leiden,
> All des Kindes großen Schmerz

Konnt ihn besser aus man weinen,
Als am guten Tantenherz?

Seid gesegnet drum ihr Tanten
Alle, alle, groß und klein!
Alle, auch die unbekannten
Schließe in mein Hoch ich ein!

Ein solchener Mist!

Aber sie weinen doch dabei, das weiß ich.

Aber dem Onkel sag ich nichts aus; den mag ich jetzt nimmer.

Wie der getan hat bei seiner ersten Frau ihrem Tod, daß man gleich gemeint hat, er stirbt auch schon vor lauter Verdruß.

Und jetzt – jetzt ist es noch nicht einmal vier Monat.

Aber sie ist eine sehr schöne Braut und hat ein weißseidenes Brautkleid an.

Die Tante Babett nicht. Die hat bloß ein silbergraues Lüsterkleid.

Weil sie nicht mehr so jung ist, wie dem Onkel die seinige.

Und sie hat einen ganz alten, gräuslichen Bräutigam.

Der ist schon über sechzig und heißt Zipf.

Das ist doch furchtbar gräuslich.

Da hat die Tante Zenzi schon einen andern.

Der ist erst dreiundzwanzig und ein freiwillig gedienter Leibersoldat.

Er heißt Pepperl und ist ein Eichamtsgehilfe.

Das ist ganz was Gutes, sagt die Zenzi.

Aber ich möchte ihn doch nicht haben, weil er so schnupft und jetzt schon einen Rausch hat, und es ist erst Nachmittag.

Ich habe es der Tante Zenzi auch gleich gesagt, daß ich einen solchen Süffling nicht möchte, und der wo den Bart immer voll Schnupftabak hat.

Aber da hat sie ganz laut geschrien, du gemeine Person, und sie hat ihn aus Liebe geheiratet.

Da hab ich gesagt, du brauchst nicht gleich so schreien, ich sag ja nichts weiter über ihn; so gräuslich wie der alte Zipf kann überhaupts niemand mehr sein; und die Tante Babett wird schon wissen, warum sie den alten Bock noch geschossen hat.

Weil er furchtbar reich ist.

Und ich habe es so laut gesagt, daß sie es gehört hat.

Da ist sie wie eine Furie in die Höhe gefahren und hat nach Luft geschnappt, und die Stimm hat's ihr verschlagen, wie sie geschrien hat: »Kanallje, nimmst das zruck! Ich tät's wissen, warum! Jawohl weiß ich es! Weil ich ihn liebe!«

Ah Herrschaft! Daß ich nicht lach!

Die Gabler Minna

Bei uns hat es oft große Wasch gegeben, weil wir Wirtsleute waren.

Die alte Gablerin hat dann immer bei uns gewaschen.

Dafür hat sie drei Mark gekriegt und das Essen, und die Minna hat derweil bei mir sein dürfen.

Das ist ihre Tochter.

Der alte Gabler ist ein Steinmetz und hat so viel Grabkreuze in seinem Hof, daß man unsere ganzen Gäste damit eingraben könnte.

Aber die gehören ihm nicht selber.

Er ist bloß ein Arbeiter.

Und sie schimpft furchtbar über ihn, weil er so sauft.

Wenn er immer bei uns in der Gaststuben sitzt, dann singt er.

Das tut er daheim gar nie, sagt die Minna.

Er kann schöne Lieder: Zwoa Sternal dö leuchtn . . . und:

> Im Tirol drin da is a Mo drin,
> Der hat a Kraxn am Buckl, hat an Hah' drin;
> Wannst'n außa tuast, na' is er nimmer drin,
> In der Kraxn in Tirol drin.

Das hat er oft gesungen.

Aber da ist sie gekommen, die alte Gablerin, und ihr dicker Bauch hat gewackelt, und ihre Augen sind ihr herausgehängt, und sie hat geschrien: »Bist du aa a Mo! Marsch! Hoam sag i, zu deiner Famili!«

»Dö laaft ma net davo, mei Famili!« hat er gesagt.

Aber er hat doch ausgetrunken.

Und die Minna hat es mir dann erzählt, daß er daheim das Reibeisen an den Kopf gekriegt hat und die Guglhupfform.

Aber die Minna war nicht so.

Die hat immer nachgegeben und hat alles getan, was ich von ihr wollen hab.

Die hat auch der Hugendubl den Milchhafen aus der Hand geschlagen, wie ich es ihr angelernt hab, weil mich die immer verklagt hat bei meiner Mutter.

Aber das war früher.

Jetzt schau ich sie nimmer an, die Minna.

Sie ist meine ärgste Todfeindin.

Weil sie mein Herz furchtbar verletzt hat.

Und meinem Willy den Kopf verdreht, daß er mich nimmer angeschaut hat, wo er es mir damals doch hoch und teuer versprochen hat, daß er niemals kein anderes Mädchen nicht anschaut als wie mich.

Das hat er mir heilig geschworen damals im Keller, wo ihn sein Vater so furchtbar bei den Ohren genommen hat, weil er kein Holz nicht gemacht hat.

Da bin ich gerad ins Schlachthaus und hab es gesehen.

Und er hat mir furchtbar erbarmt.

Und ich habe ihm gesagt, er soll sich nichts draus machen, meine Mutter haut mich auch alle Tage.

Aber er hat gesagt, er bleibt nicht mehr da, er laßt sich das nicht mehr bieten als kaufmännischer Fortbildungsschüler.

Da habe ich gesagt, daß es mir sehr leid tut, wenn er nicht mehr Holz macht.

Das hat ihn gefreut, und er hat mich gefragt, ob ich ihn gut leiden kann.

Da hab ich gesagt: Furchtbar gut.

Dann hat er mich lieblich angeschaut und hat gesagt, daß er mir einen Haarpfeil kauft und ein Fliederparfäng.

Und ich habe ihm einen Ring versprochen.

Und sie hat ihn abspenstig gemacht, und ich habe ihm den Ring wirklich geschenkt.

Einen um fünfundneunzig Pfennig.

Und ich habe so viel Mühe gehabt, bis ich das Geld zusammengebracht habe.

Aber mein Bruder, der Hansl, hat eine Sparkasse gehabt aus Blech, und hat schon über acht Mark drin gehabt.

Da hab ich immer einen Syndetikon an ein Messer gestrichen und habe ein Geld heraus.

Manchmal auch zwei.

Bis es eine Mark war.

Dann hab ich den Ring gekauft und ein rundes Schächtelchen um fünf Pfennige mit einem Engelskopf darauf.

Wie er dann wieder Holz gemacht hat, hab ich es ihm in die Tasche geschoben und habe gesagt, daß er nicht hineinlangen darf bis auf d' Nacht.

Aber er hat gleich geschaut und hat mir ein Busserl dafür gegeben. Und am andern Tag einen geschnitzten Haarpfeil.

Das Fliederparfäng hat er mir nicht kaufen können, weil es meine Mutter gerochen hätte.

Dafür hat er mir eine Schaumtorte gebracht.

Das war alles furchtbar schön.

Aber jetzt ist alles vorbei.

Diese Kanalje, die Minna, hat ihm alle Tage vor der Schule gewartet und hat ihn begleitet.

Und ein Zigarettenetui hat sie ihm gestickt und ein Überziehermonogramm.

Aber ich glaube es gar nicht, daß sie es selber gestickt hat.

Die hat höchstens das Geld genommen und hat es gekauft.

Das ist schon so eine.

Aber die gerechte Strafe Gottes ist jetzt da.

Die Kanalje ist ausgerutscht.

Er geht jetzt mit der Dusch Theres.

Die Familienfeier

So. Jetzt ist ein Ende mit aller Lust.

Der Ernst des Lebens ist da.

Ich gehe jedenfalls jetzt bald ins Kloster.

Oder ich heirate.

Außer, ich finde meinen Vater.

Wenn er noch lebt.

Meine Mutter sagt zwar, daß er damals, wie der Dampfer Cimbria untergegangen ist, auch dabei war.

Aber ich glaube es nicht mehr.

Ich habe im Adreßbuch seinen Namen gefunden.

Wenn ich am Sonntag in die Vesper oder in die Kapuzinerpredigt gehen muß, dann suche ich ihn.

Vielleicht ist er es.

Vielleicht ist er auch recht reich; dann wird es fein.

Dann zeige ich es meinen Stiefbrüdern.

Und dann laß ich mich nicht mehr so prügeln daheim.

Hoffentlich ist er es.

Jetzt ist es so zum Verzweifeln.

Nichts kann ich mehr recht machen.

Als ob ich was dafür könnte, daß die Mutter erst zehn Jahre verheiratet ist.

Hätte sie halt den andern Vater geheiratet!

Und jetzt heißt es, ich habe sie blamiert.

Ich habe doch gar nichts dabei gedacht, und überhaupt!

Bei uns muß schon auch alles gefeiert werden!

Jeder Geburtstag, jeder Namenstag, jede heilige Zeit wird bei uns mit Tschintarratta gefeiert!

Und die längsten und die überspanntesten Gedichte müssen hergesagt werden, und Geschenke muß man machen, und hundertmal im Tag muß man es hören: Heut, an mein' Geburtstag! – Heut, an mein' Namenstag! – Heut, an unserm Hochzeitstag!

Ja – der Hochzeitstag.

Der ist schuld an allem Unglück.

Wie nur auch alles grad so unglückselig auftrifft, daß ich am Hochzeitstag der Mutter auch meinen Geburtstag haben muß!

Und noch dazu immer um sieben Jahr mehr!

Also. Am ersten Oktober hat die Mutter ihren zehnten Hochzeitsjahrtag mit meinem Stiefvater gefeiert, und ich bin an dem Tag siebzehn Jahr alt geworden.

Und das wars.

Ich richt alles wunderschön her. Girlanden, Lampions, Blumen, Transparent, Kuchen, Geschenke, alles aufs feinste; eine Musik wird bestellt, die Stammgäste helfen auch noch dazu; das Nebenzimmer schaut furchtbar fein aus, und auf einem Brett brennen zehn Kerzen.

Alles geht wie am Schnürl, und ich sage mit feierlicher Stimme meinen selbstgemachten Vers.

Das ist nämlich furchtbar schwer, das Versmachen, und man braucht dazu viele Bücher.

Aber er war sehr fein, und ich habe damit angefangen:

Der Ehestand ein Wehestand!
Dies Sprichwort ist gar wohl bekannt.
Allein, ein jedes Sprichwort hinkt,
Und wem kein Eheglück gelingt,
Der frage, wenn sein Kreuz er trägt,
Ob nicht die eigne Schuld ihn schlägt!
Bei Euch, Ihr Lieben, ist's nicht so;

Ihr waret glücklich stets und froh.
Ihr habt mit neubekränztem Haare
Nach wechselvollem zehnten Jahre
Den nie bereuten Bund erneut;
Drum danket Gott für alles heut!
Nehmt das Erzeugnis meiner Hände!
Gering ist's nur, was ich Euch spende:
Ein Käpplein für Herrn Vaters Haupt;
Ich reich es Euch – wenn Ihr's erlaubt!
Doch der Frau Mutter dacht ich zu
Als freundliche Gabe die samtenen Schuh.
O nehmet hin die kleine Gabe
Und lebet glücklich Eure Tage!

Und ich nehme mit schwungvoller Handbewegung die Geschenke und will sie ihnen überreichen.

Da gibt mir die Mutter einen Rippenstoß.

Aber in diesem Augenblick fangt auch der Vorstand von der Tischgesellschaft Eichenlaub mit seinem Prolog an und rühmt die zehnjährige glückliche Ehe und – wünscht mir zum siebzehnten Geburtstag auch das beste!

Da schreit die Mutter drein: »Ja, seids denn auf amal alle mitanand narrisch wordn! Was redt's denn alleweil von zehn Jahr! Mir san do scho zwanz'g verheirat'!«

Ich will ihr ausdeutschen, daß das nicht stimmt; denn sonst wäre sie ja bei ihrer Heirat erst achtzehn, der Vater aber bloß fünfzehn Jahr alt gewesen. Und überhaupts wär sie ja dann noch in die Schul gegangen, wie sie mich . . .

Aber da packt sie mich beim Schlafittich, jagt mich ins Bett, und am andern Tag gibts furchtbare Prügel.

Und jetzt ist es noch immer zum Davonlaufen.

Wo ist mein Vater?

Es war alles umsonst.

Ich habe ihn doch nicht gefunden.

Meinen andern Vater, der wo eigentlich ertrunken ist.

Jetzt glaube ich es selber, daß er nicht mehr kommt.

Aber es war doch ganz genau sein Name, und alles hätte gestimmt.

Und da bin ich hin.

Gärtnerplatz drei, im zweiten Stock.

Karl Krafft, Ordonnanzfeldwebel a. D.

Ich habe mich furchtbar fein angezogen, damit ich ihm gleich recht gefalle.

Und im Gehen habe ich es mir ausgemalt, wie ich ihn begrüße und so.

Aber wie ich angeläutet habe, ist mir auf einmal schlecht geworden.

Und ich habe schnell geschaut, ob ich nicht noch geschwind abschieben kann.

Es ist aber schon jemand dahergekommen und hat aufgemacht.

Aber es war eine ganz alte Frau.

Da habe ich etwas gedacht, und dann habe ich gesagt: »Grüß Gott, Großmutterl!«

Und habe sie um den Hals genommen.

Aber sie hat gesagt: »Naa, Fräulein, Sie täuschn Eahna! I bin koa Großmuatta net!«

Da habe ich gedacht, herrschaft, am End ist das gar die Frau von meinem Vater!

Aber sie war doch schon furchtbar alt!

Derweil ist jemand aus einem Zimmer gekommen und hat gesagt: »Ja Frauli, was isch denn? Wer isch denn 'komme?«

Ich bin so erschrocken, wie ich ihn gesehen habe, daß ich ganz verdattert gesagt habe: »Bloß i, d' Leni.«

Denn er war noch älter wie sie.

Vielleicht schon sechzig Jahr.

Da hat die Frau zu ihm gesagt: »I woaß aa net, Alter, wer's is!«

Und dann hat sie zu mir gesagt: »Geh, gengan S' a bißl rei!«

Ich bin hinein und hab furchtbar geschluckt, damit ich nicht weinen muß.

Und ich habe gesagt, daß ich meinen Vater suche.

Und er heißt Karl Krafft, und ist aus Dinkelsbühl, sagt die Mutter.

Da ist die Frau auf ihn zu und hat ganz gspaßig gesagt: »Du! – Alter! – Hast am End . . .?«

Aber er hat ganz fein gelacht und hat bloß gesagt: »Aber Frauli!«

Und er hat gemeint, ich soll mich doch setzen und e Schälele Kaffee mit ihnen trinken.

Und die Frau hat gesagt, jawohl, dann dischkriert es sich leichter.

Aber sie hat mich immer so angeschaut und dann wieder ihren Mann.

Dann hat sie einen Kaffee gekocht.

Aber er hat mich gleich ausgefragt, wer ich bin, und was ich denn von ihnen will.

Da habe ich gesagt, meinen wirklichen Vater. Und ich bin die Christleni. Und ich habe gedacht, weil er auch Krafft heißt, ist er es. Aber jetzt glaube ich es nicht mehr.

Und ich habe gesagt, vielleicht haben sie noch einen Sohn, der wo auch so heißt.

Aber sie haben keinen gehabt.

Das ist schade.

Weil sie mir so gefallen haben.

Und sie sind so nett.

Und sie haben ein Sach wie meine Großmutter.

Und ich habe ihnen auch so gut gefallen, und der alte Mann hat gesagt, ein so frätzigs Mädle möcht er schon by Gott habe zum e Töchterle!

Das freut mich furchtbar.

Und sie haben mir eine goldene Tasse gegeben, wo draufsteht: Sei glücklich.

Und das Frauli hat mir die Hand gegeben und hat gesagt, daß sie leidergott ganz alleinig sind; und ich soll bald wiederkommen. Und sie haben jetzt bald die goldene Hochzeit und leidergott gar kein Kind und kein Kegel.

Das tut mir furchtbar leid.

Und ich habe gesagt, ich möchte gleich dableiben und ihre Tochter sein. Aber es geht nicht, weil ich jetzt noch suchen muß um meinen Vater. Und wenn es nichts hilft, dann gehe ich leider ins Kloster.

Das war ihnen gar nicht recht.

Und sie haben mir erzählt, daß sie noch einen Verwandten haben in Dinkelsbühl, der wo ein Schäfer ist. Aber sie wissen nichts von ihm, weil er nicht schreiben und nicht lesen kann. Und sie haben ihn schon seit ihrer Hochzeit nicht mehr gesehen.

Er heißt Gottlieb Krafft.

Da habe ich gedacht, vielleicht ist dieser mein Großvater.

Und sie haben gesagt, daß der Pfarrer alles im Kirchenbuch hat, und ich soll ihm schreiben.

Dann bin ich wieder fort.

Aber sie waren furchtbar nett.

Und dann habe ich dem Pfarrer geschrieben, daß er mir hilft, weil ich meinen Vater suche.

Da hat er es dem alten Schäfer gesagt, und dann hat mir die Frau Schäferin einen Brief geschrieben:

Liebes Freilin.

Indem das es nicht stimt und wir haben leider nur ein Sohn gehabt und ist aber nur fünf Monat auf erden gewandelt. Und wir haben noch eine Dochter, aber die ist es nicht. Und wir sind schon alte Leute und wissen es nicht.

Es grißt Eich

Johanna Krafft.

Das ist sehr traurig.

Adje, du schöne Welt!

Jetzt geh ich doch ins Kloster.

Über tredition

Eigenes Buch veröffentlichen

tredition wurde 2006 in Hamburg gegründet und hat seither mehrere tausend Buchtitel veröffentlicht. Autoren veröffentlichen in wenigen leichten Schritten gedruckte Bücher, e-Books und audio-Books. tredition hat das Ziel, die beste und fairste Veröffentlichungsmöglichkeit für Autoren zu bieten.

tredition wurde mit der Erkenntnis gegründet, dass nur etwa jedes 200. bei Verlagen eingereichte Manuskript veröffentlicht wird. Dabei hat jedes Buch seinen Markt, also seine Leser. tredition sorgt dafür, dass für jedes Buch die Leserschaft auch erreicht wird.

Im einzigartigen Literatur-Netzwerk von tredition bieten zahlreiche Literatur-Partner (das sind Lektoren, Übersetzer, Hörbuchsprecher und Illustratoren) ihre Dienstleistung an, um Manuskripte zu verbessern oder die Vielfalt zu erhöhen. Autoren vereinbaren direkt mit den Literatur-Partnern die Konditionen ihrer Zusammenarbeit und partizipieren gemeinsam am Erfolg des Buches.

Das gesamte Verlagsprogramm von tredition ist bei allen stationären Buchhandlungen und Online-Buchhändlern wie z. B. Amazon erhältlich. e-Books stehen bei den führenden Online-Portalen (z. B. iBookstore von Apple oder Kindle von Amazon) zum Verkauf.

Einfach leicht ein Buch veröffentlichen: **www.tredition.de**

Eigene Buchreihe oder eigenen Verlag gründen

Seit 2009 bietet tredition sein Verlagskonzept auch als sogenanntes "White-Label" an. Das bedeutet, dass andere Unternehmen, Institutionen und Personen risikofrei und unkompliziert selbst zum Herausgeber von Büchern und Buchreihen unter eigener Marke werden können. tredition übernimmt dabei das komplette Herstellungs- und Distributionsrisiko.

Zahlreiche Zeitschriften-, Zeitungs- und Buchverlage, Universitäten, Forschungseinrichtungen u.v.m. nutzen diese Dienstleistung von tredition, um unter eigener Marke ohne Risiko Bücher zu verlegen.

Alle Informationen im Internet: **www.tredition.de/fuer-verlage**

tredition wurde mit mehreren Innovationspreisen ausgezeichnet, u. a. mit dem Webfuture Award und dem Innovationspreis der Buch Digitale.

tredition ist Mitglied im Börsenverein des Deutschen Buchhandels.

Dieses Werk elektronisch lesen

Dieses Werk ist Teil der Gutenberg-DE Edition DVD. Diese enthält das komplette Archiv des Projekt Gutenberg-DE. Die DVD ist im Internet erhältlich auf **http://gutenbergshop.abc.de**